人人都能学会的写作变现指南

齐帆齐◎著

中国友谊出版公司

图书在版编目（CIP）数据

人人都能学会的写作变现指南 / 齐帆齐著 . -- 北京：中国友谊出版公司，2021.11

ISBN 978-7-5057-5336-5

Ⅰ.①人… Ⅱ.①齐… Ⅲ.①网络文学－文学创作－中国－指南 Ⅳ.① I207.999-62

中国版本图书馆 CIP 数据核字 (2021) 第 191866 号

书名	人人都能学会的写作变现指南
作者	齐帆齐
出版	中国友谊出版公司
发行	中国友谊出版公司
经销	新华书店
印刷	河北鹏润印刷有限公司
规格	880×1230 毫米　32 开
	7 印张　138 千字
版次	2021 年 11 月第 1 版
印次	2021 年 11 月第 1 次印刷
书号	ISBN 978-7-5057-5336-5
定价	48.00 元
地址	北京市朝阳区西坝河南里 17 号楼
邮编	100028
电话	(010) 64678009

序　言

从普通工人到年入百万的内容创业者

互联网时代，像我这样的自由写作者，只要有网络，就可以实现全球移动办公，随时随地学习、工作、旅游、行走、见人，同时还能获得不错的收益。

这样的生活，是我过去做梦都不敢去想的事，而如今已经变为现实。我是移动互联网的受益者之一，这个时代，人人都可以成为一名写作者。

在 2016 年正式写作之前，我曾在服装厂和电子厂做过一线普工，摆过地摊，卖过早点，做过营业员。一直在社会底层，在夹缝中谋生存。我做过最长的工作就是做了 8 年多的服装厂流水线工人，人生最美好的青春年华都是与缝纫机一起度过的。

不是每个人都能抓到一手好牌。在命运面前，休论公道。我的父母是大字不识的文盲，在村里是被人欺负的对象，我是家里的老大，在十四岁半辍学回家，这样的家庭之后又发生了变故。

我曾经在杂志上看到一篇关于自由写作者生活的文章，她有时在海边构思灵感，靠在沙发上抱着电脑就能工作；有时在陌生的地方边玩边写作。她的潇洒生活对我触动特别大。当时，那是我难以企及的梦。为什么同样是人，别人的生活这么自在呢？人与人真的是没有可比性！

2015 年，我在老家小镇上做了几个月的服装厂工人，工作时间从早上 8 点到晚上 10 点多，一个月工资才 2000 元左右。2015 年 9 月，小妹把我介绍到她所在的上海某网络公司做销售员，这是我人生第一次进公司工作，拥有了周末。

经理是安徽老乡，她觉得小妹工作能力很不错，我作为亲姐姐应该也不会差。经理问我是否会用电脑基本软件，小妹回答已经提前教过我了，问题不大。

在这样的情况下，我才有机会顺利入职，并和小妹在同一个部门工作。其实我是电脑盲，那是我第一次正式接触电脑。幸好部门同事都热心教我，公司表格也有现成的模板。

刚去公司的前半年，这份工作并不比我在温州、杭州卖服装时赚得多，公司不管吃住，开销都是自己的，所剩并不多。但这份工作却打开了我的眼界，认识的同事都是大学生为主。

我明白随着年龄的增长，孩子需要陪伴，我不可能长久在外地工作。彼时，移动互联网普及，自媒体如火如荼，我又想起那个自由作家的自在生活，不会被地理区域影响，那样的生活该多好呀！

适应公司工作的大半年后，我为寻找人生的更多可能性，打算在网络上尝试写作，我让旁边刚毕业的大学生同事帮我注册公众号。他一边百度一边操作，我的公众号"齐帆齐微刊"就这样注册好了，我打算发布内容试试看，可手上没有一篇存稿，我就用表弟QQ空间里的一篇文章，叫作《粽叶飘香》。当时正是2016年的端午节，非常应景。

第一次发布文章，同事都为我开心，他们还转发朋友圈，后来我陆续很多天都用的是别人的文章，直到有人跟我说："你还是自己写吧！"这样的鼓励声音逐渐多了起来，我也开始尝试自己去写。

我发现每次只要是自己写的文字，不管文章篇幅长还是短，不管内容好还是不好，阅读量普遍比用别人文章的数据高，这大大增强了我的写作热情。原来文字只要真诚，都会有人喜欢，只要你勇敢去写就会有人喜欢看。

同时，我还在简书平台写作，编辑器比较好用且方便，可以随时修改。我的写作习惯从那时一直坚持到现在。2017年7月底，我成为简书平台的一名签约作者，同年9月，成为百度问答的一名签约作者。于是，我正式走向了自由写作者之路，实现了我青春时期的梦想。只是没想到一切这么顺利，这是个人努力和坚持的结果，更是移动互联网带给普通人的红利。

随着我的个人品牌不断曝光，我拥有了越来越多的机会，合作课程、写文案稿、接商单推广、接人物传记、做内容矩阵、出书，我还加入了省作协，受邀去学校讲课，实现了年入百万的梦想。

如果我这样的一个低起点都能成为一名自由写作者，实现自由梦想，那么相信你也有机会，毕竟绝大部分人都比我起点高。

经过几年的写作，我意识到写作的几个关键点：

1. 写作是改变命运门槛最低的方式。你要不惧嘲笑和打击，和自己死磕到底

我在写作初期，遇到很多嘲笑和打击，有同事说：

"你怎么异想天开地要去写作？"

"你知道中国一年有多少大学生毕业啊！仅中文系的估计就有上百万，你是不是还有很多字都不认识呢？你怎么这么天真？"

我听后默默无语，只把别人的质疑嘲笑当作自己前行的动力。我相信人生没有太晚的开始，只要有一颗不甘平庸的心，极致践行，任何时候都有蜕变的可能。

在决定写作的时候，我常常会把生僻字和一些成语贴在床头，等记住了，便隔一周换一批，如此循环，只为扩充词汇量。

我认识到，如果我做其他行业，投资成本会更高，只有写作可以试一试，只需投入时间而已。所以我一直相信这句话：**写作是普通人改变命运门槛最低的一种方式。我们无法改变自己的出生环境，但是我们可以改变自身。**

不管是学画画还是学钢琴，都比写作投入成本大。写作，只要拿出手机就可以写，注册账号就能发布。不分年龄，不论在哪，只要有碎片化时间即可，不耽误正事，也能给生活和职场加分。

持续精进半年多就能有所收益。如果起点高、勤奋努力，结果就更好，会呈几何式增长。持续写作，未来会有无限可能。

我在同事朋友的质疑声中，坚持写作到现在，取得了一些小成绩，得到了别人的认可和支持。当年笑话我的人，现在羡慕佩服我，我也有幸被很多网友称为"励志女神"。

2．写作拓展了我的视野

因为写作，我看到了更大的世界。写作几个月后，我加入了写作交流群，里面每天有各行各业的优秀伙伴交流心得以及大咖的分享，我学到了很多新媒体的知识，思维眼界也被打开了。他们中总有人会热心地支持和鼓励我，还有很多读者给我赠书打赏，并留言说我很有勇气，文字朴实有温度能给他们力量。

环境影响思维，思维决定选择，选择决定出路。以前在工厂里，除了吃饭就是干活，那时候每日工作十六七个小时，枯燥而麻木，人犹如没有思想的木偶。

在那样封闭的视野环境下，没有人会去谈理想、价值和前途，大家都在同样的狭窄思维认知里，根本看不到未来在哪里。

自从接触了新媒体写作，文友间互相鼓励引导，传递正能量，不断突破，都想着如何成为更好的自己。大家谈读书写作，聊成长精进、副业变现，推荐好的书籍，交流互联网信息知识，这让我接触到现实生活圈子里难以认识到的优秀精英，思维认知快速提升，我看到了更大的世界。写作五年多，我的收获提升超过过去数十年的总和。

有句话说，经常和你接触的六个人，他们的认知和平均收入就是你未来的样子。身处积极向上的氛围圈子，人能不进步吗？希望看到这篇文字的你能早点写起来。

3. 写作提升了我的个人能力

我的一篇曾发表在家乡微信公众号上的文章被一位编辑看到并推荐，让我接到了月入 5 位数的编辑工作。如果不是写作，像我这样的人是没有这样的机会的，如果是自己投简历，往往在第一个门槛就被筛选掉，毕竟每年本科生、硕士生都有很多。

当地一家企业老板邀请我写个人传记，给出的待遇非常高。因为持续写作在网络曝光又有带学员的经历，今日头条和百家号官方邀请我做内容矩阵，帮助企业推广营销，仿佛路越走越宽。

朋友圈有着 20 年经验的企业咨询顾问李老师，他邀请我合写书籍，并把我的课程二维码放到他的书里。书籍面向 500 家商会，数万家企业主，这又给我带来了新的合作机会——创业者传记、商业文案课、品牌营销推广等。目前有几家预付定金正在商谈中。

所有的合作机会，它的源头都是因写作链接而来。所以，写作是最好的社交媒介，它是提升个人能力的最好工具。

因为写作，我被越来越多的人认识，而这些关注度本身就会产生价值，实现财富增值。

我和多数同行大咖无法相比，但对于我个人来说，算是实现了精神和物质的大跃迁。

　　也许你会说，我得到的那些机会，是因为我已经写作 5 年多了。但我是从零基础开始起步，如果只是观望，那只会错失机会。当你开始行动，你就成功了一半，只要你想写，任何人都可以成为一名写作者，甚至会成为别人眼里的"作家"。

　　我们要相信日积月累的力量，做时间的朋友。比如这几年很火的视频、微网剧，它的底层逻辑都离不开文字本身。

　　学会写作，你将终身受益。这本书将带你揭秘写作技巧和变现方式。

齐帆齐

目　录

第 7 章

引爆个人 IP

第 8 章

商业文案写作变现法则

第 9 章

迭代思维，实现跨越式成长

后记 ▄

第1章

自媒体写作高手养成攻略

不管是源于务实还是务虚因素，坚持读书写作的人是幸福的。写作是发展副业最好的方式。写作让自己如获双倍人生，将易逝的时光镌刻成耐久的文字。

现在是移动互联网时代，人人都能成为写作者，会说话就能写作。

写作没有年龄、地位、性别、空间、学历的限制，坚定信念去写作，不必自我内耗，自我怀疑。

人人都能成为写作者

在序言里我简单讲到过，相对来说，写作几乎是零投资，可以把碎片时间充分利用起来。网络上有太多普通人靠写作来改变命运，我的空间、QQ 列表和微信好友列表里就能找到 10 个以上，这也是我敢于下笔写作，并坚持下来的动力。有成功的榜样激励我前行，我也希望自己能给读者朋友带来同样的鼓舞。

1. 我为什么劝你写作？

如果你觉得生活过得不如意，那么你可以选择写作，因为写作是苦难中自救的一种方式。写作让我们和苦难拉开了距离，我们把它作为对象去审视、描述、理解，从而超越了苦难。如此，苦难才会真的变成财富。

写作让我们审视思考；写作能让我们更好地梳理自己的情绪，把内心的不快乐都宣泄出来，做一个通透明亮的人。

如果你生活如意，你更需要写作，把愉快的心情用文字保存备份，让其成为永恒。当发落齿疏时，坐在摇椅上翻看曾经的点点滴滴，快乐便会翻倍。

如果你想为职场发展加分，你也要写作，因为会写作能让你在职场上脱颖而出，让你实现升职跃迁。

如果你是一位宝妈，你也要写作，因为写作能让你从琐碎的日常里短暂抽离。记录带孩子的心路历程，为孩子写亲子日记，记录他的每一个微小变化，会让你的生活变得充实有意义。

如果你想发展副业，多一份收入，或是想证明自己的价值，那么写作是最值得尝试的方式。因为它灵活性很强，你随时随地都能开始工作。

如果你想更好地打造个人品牌，不管是写文还是做视频，文字都是基础、是根基，其重要性不言而喻。

无论我们在怎样的处境中，都能从写作中有所收获，读完这本书，你会对写作有更全面的了解。

（1）写作没有学历限制

写作初期，我关注了很多通过写作改变命运的大咖，他们很多都和我一样，因为家庭贫困，早早辍学走上社会，做过不同的底层工作。

虽然他们本身接受的学校教育并不多，但是他们辗转各地谋生，有丰富的生活阅历，这些都是他们笔下丰富的素材。爱阅读、爱学习、爱思考，这些是他们身上共同的特点。

我的第一本书《追梦路上，让灵魂发光》里就写到 16 岁辍学的王老师，他在工地上做过小工，看过书摊，做过餐馆的服务员，当过厨师。他后来因为写作走进了人民大会堂领奖。持续写作多年后，他有篇文章被上万家网站杂志竞相转载，100多家影视公司要改编，他因此获得200万的版税收入，同时被多所重点大学邀请去讲课，如今是四川某大学的长驻创意写作教师。

17岁辍学的红老师，曾做过3年的饭店服务员。当年她在"榕树下"网站写作，每天在日记本上记录，再去网吧将文章发到网站论坛，这些练笔夯实了她的写作功底，逐渐被多家杂志约稿，让她找到了人生的新方向。自21岁全职写作至今，她出版了20多本书籍，还有多部小说被改编成影视作品。

我并不是说低学历是好事，这毕竟是极少数。我只是想告诉大家，如果你现在学历普通，不要受这个限制而自卑，写作和学历没有直接关系。社会是一所更深奥的大学，保持终生学习是最重要的。

（2）写作没有环境限制

写作不需要复杂的设备和环境，用手机就能操作，坐公交、等候吃饭时，都可以拿出手机，看看优秀作者的文章，做做笔记，为写作做准备。

当时，我在上海一家网络公司做销售，同事聚餐时我喜欢安静地听他们说话，每当听到金句或者有意思的观点，我就用手机记录下来。我和同事在拜访客户的地铁上，他们不是用手机斗地主就是看电影或小视频，我则争分夺秒地写下当天的生活感悟，有时是工作总结，有时是读某篇文章的感受。

当一个人下决心成为一名写作者的时候，就会珍惜每一分空闲时间。不管是在路上，还是在聚会活动的一角，甚至是在等公交的途中，一点都不愿意浪费时间。这也是写作最大的好处，能让我们把零碎的时间充分利用起来。

这五年来，我在阳台、洗手间、地铁、出租车、乡村小道、小区公园、厨房、书房，随便哪个地方，只要我有想法，都会掏出手机写作，我把所有的一切都当作写作的道场。

（3）写作没有年龄、性别限制

写作并不会单单眷顾某一类人，不管男女老少，只要你身体允许，有思路、有想法，都可以去写，写作是对年龄要求最宽松的行业，是最适合发展副业的选择。只要你热爱文字想表达，你就可以写出来；只要你会说话，你就能写作；只要你在用心生活，你就会写作。

很多行业对年龄有所限制，但随着年岁的增长，写出的文字反而更有韵味。年龄越大，阅历越多，便会有更多素材可写。写作更不存在性别之分，它需要你内心有想法、有想倾诉的欲望、对这个世界有话说。

（4）写作没有硬性设备要求

现在大家都离不开手机，人手一台电脑或者 iPad，而这就是写作的基础设备，不需要另外投入，非常方便。不管是千元手机还是万元手机都可以写作，不会因为谁的手机或者电脑更好，写作水平就高。从这一点上说，写作没有穷富之分，更没有身份地位高低之说。

2. 写作如何开始？

写作最难的就是开始和坚持。

海明威说："任何一个名家的初稿都是臭狗屎。"这句话话糙理不糙。你不要把写作想得离自己很遥远，你要想着人人都可以成为写作者，并把这句话作为自己的信条。打开文档就写，写不出来就写最近读过的书，看过的电影，把它们做一个记录描述。当你抛却完美心态，内心没有了包袱，你就是一名写作者。先完成再完善，或许坚持两年后，你就成了别人眼里的作家。

我曾在武汉聆听叶倾城老师的分享，她反复强调"先完成"这个观点。新人写作者不管是写一篇散文还是人物故事，或是一部中短篇小说，只要你有始有终地去完成，都是很了不起的事。如果你能做到，那你离成为一名真正的写作者就已不远。而大部分的人都是写了几段文字放在那里，就再也不想写了。

当你完成一篇文章并发布在网络平台，随着读者越来越多，你就能加入一些文友交流群，或者是写作成长营，得到老师的一些点拨指导，融入写作的圈子，慢慢地，就会越写越有方向。

我的写作社群里能一直坚持写的学员，大多数都获得了不错的结果。写作量大的返还学费，相当于免费听课。他们可以利用我提供的写稿资源，这也是外部环境刺激写作的一种重要方式。他们还因此结识了很多文友，在相互的激励中不断成长。

（1）锻炼看图写话的能力

写作可以利用碎片化时间去写，不一定要等到周末或放假。

更不要一上来就想着写 3000 字，可以从每天 100 字写起，从看图写话开始练笔。

上班出门的时候，看到小区里的景物，可以写一段感想；在地铁上听到周围的人说了什么话，让你想到了什么事，也可以写几句感想。

哪天突然下雨或下雪了，拍张照片，再写一段相应的感悟；或是找朋友圈或者微信群里的图片，然后写一段话。这些都是我练习写作的方式。我们在小学一二年级时，语文老师教过的这种办法，在我们成人写作中一样很好用。

写作是从"一个字、一个词、一句话、一段文"组合而成，千万不要小看了这些点滴的练习和积累。即使你是没有任何基础的写作者，每天保持写上 300 多字，一个月也能写上 1 万字，聚沙成塔，积少成多。

不管每天 100 字、300 字，还是每天 1000 字，最重要的是坚持。这种锻炼写作的习惯千万不要断，一旦停更超过一周就很难再开始，持续性和稳定性非常重要。

（2）培养及时记录的习惯

也许有读者会说："我无法做到每天看图写话，想写 100 字都写不出来，我的生活单调，实在没有东西可写。"那么，我建议你就写自己每天吃了什么、做了什么、看见了什么人、想到了什么事、做了什么梦，这样肯定能凑够一二百字吧！当你持续记录一个月、两个月，你的逻辑能力、思考能力都会大大提高，你自然而然就能写 1000 字或 2000 字以上的文章了。

这些都是我个人亲身检验过的方法，非常实用。俗话说，"一口吃不成大胖子"，先不要贪心，从点滴做起，养成及时记录的习惯。

写作主要源于内心的信念，一有空就想到写作这个事，不管是否有素材都要写上几句话存在手机便签本上，这些及时记录的只言片语都会成为你文章的组成部分。

（3）把写作当成像刷牙洗脸一样的习惯

我们每天都要刷牙洗脸，这是大人从小就教导我们必须要做的事情。我们就把写作当作是刷牙洗脸一般，当作是每天要做的事情，每天用上 10 分钟到半个多小时来写作。不管是刮风下雨，都坚持写上几百字，当你坚持 21 天、3 个月后，你就会慢慢养成写作的习惯，如同身体的生物钟，到那个时间点就会唤起自动记忆，提醒你要动笔去写。

我们用早起的 40 分钟或者临睡前的 40 分钟，每天选取固定的时间，让写作成为一种惯性，且有一种仪式感。让写作融入我们的生活，生活即写作，让两者相互融合，持续写下去甚至会上瘾。那时，你就会成为一名合格的写作者。

（4）无意识写作法

所谓"无意识写作法"就是你想到什么就写什么，不用去管错别字、标点符号和逻辑问题，而是先把脑海里所想到的感受用文字表达出来，千万不要给自己太多枷锁。

当你打开电脑文档，对着屏幕敲打文字，坚持两分钟后，灵感素材就可能会蹦出来，思路会越来越清晰，不是必须先有灵感再写作，而大多时候是我们写着写着才有灵感的。

你在早起或者临睡前，设置 40 分钟时间，运用无意识写作法去写作，写的过程中，不要回过头看，也不要去修改。等到第二天，找一段安静的时间再来修改发布，这样做的好处是我们不用担心自己没有素材，潜意识会逼出很多自己都意想不到的写作素材。有句话说："显意识是匠气，潜意识是灵气。"多运用无意识写作法，你会震惊于自己为何有如此多的内容可写，并能发现自己文字里的灵气。

（5）保有童真与好奇

《成为作家》的作者多萝西娅·布兰德提到，作家要时刻保持对这个世界的好奇，用孩童的眼光来看这个世界，永远要有天真的心态，简单来说就是遇到不懂的事喜欢问为什么。像五六岁的孩子遇见任何事都爱问为什么，对什么都格外关注，但很多成人随着年龄增长，却丧失了好奇心。从此刻起，我们要有意识地锻炼自己的敏感心和感知力，丰富自己的想象力，凡事多去刨根问底，挖掘素材，做个主动索取信息的好奇者。

不论是上班路上、聚会活动，还是出远门旅行，我们都要做到眼到、心到、脑到，并且随时掏出手机记录关键词，把自己感知到的重要信息及时记下来。比如，看到附近的菊花开了，停下片刻，多观察一下，每天带着好奇和欣赏的眼光看看它们的变化，并写下那一刻的心情。

（6）找到属于自己的节奏，"剩者为王"

有个段子说：

为什么成功的路上不拥挤？

- 光说不做死一批；

- 逢年过节死一批；

- 天气太热死一批；

- 天气太冷死一批；

- 亲人打击死一批；

- 朋友嘲笑死一批；

- 自己乱搞死一批；

- 不去学习死一批；

- 死不改变死一批；

- 自以为是死一批。

- 刮风下雨死一批。

以上 11 条也可以用在写作这个行业里，我也曾用"写作路上，剩者为王"为标题写过文章。

2016 年下半年，我加入了一个写作交流群，群里成员有近 500 人。刚开始每个人都有写作梦想和激情，大家交流写作心得，分享各自关于写作成长的故事。当时群里有的人一天能写出两篇文章，而我在群里是最不起眼的一个。没想到一年后，我却是坚持得最久的三个人之一。他们大多都是断断续续地写，有人一停就是半年或者一年以上，大多数人写着写着就消失不见了。

群里的其中几个文友后来成了我的学员。我从最开始的十天写出一篇文章到一周一篇，再到稳定的隔日更文。其实不管是周更还是日更，我们要有持久写下去的决心，不用一开始把自己逼得太紧，让自己疲惫得歇息一年都不想再写，那最后就容易不了了之。如同气球被吹得太大，已经没有可扩展的空间。要找到自己的写作规律，保持属于自己的节奏感，拥有持久的输出能力，这才是最重要的事。

我们要养成每天练笔的习惯，每周至少要对外发表一两篇文章，以此来收获外在反馈，和读者保持互动。如果一个作者很久没有文字发表，读者很快就会把你忘记，这是必然的趋势。而且一旦很久不写，就会找不到写作的感觉，不知该如何下笔，需要再花很长时间去适应。开始写、不停手，这是学会写作的最大技巧，也是最重要的写作秘诀。

高尔基曾说："写文章，开头第一句是最难的，好像音乐里的定调一样，往往要费好长时间才能找到它。"当你开始写下第一个字、第一句话、第一个段落，你就成功了一半。

我曾听过一个知名作家的分享，她说："如果有 1000 人说很想写作，一夜醒来第二天会少一半人，再过一周又少了一半人，真正下笔去写的人只有 10%。而在这 10% 里，一年后只会剩下

2%。也就是说，时间会帮你打败 98% 的同行。成功的道路上并不拥挤，自己千万不要放弃得太早！"

现在请你问问自己，可否想成为坚持到最后的那 2%？是否有信心和决心？

3. 写作者有两个世界：现实世界和文字世界

写作者都有两个世界，一个是现实世界，另一个是文字世界。诺贝尔文学奖得主莫言曾说过，自己在生活中是个胆小鬼，但在文字的世界里，他可以是个胆大包天的好色鬼。写作者可以在文章中任意刻画一个职业形象，做你生活中不敢做的事情。有句戏言说："写作者的笔就是一把刀，'杀人'还不用担心犯法。"可以让主角起死回生，也能让他意外身亡。

写作者可以自主塑造故事中的人物形象，表达人物的喜怒哀乐；可以体验 100 种职业、50 种出身环境，经历多场不同的恋爱。甚至还可以调换性别去写，体验不一样的人生。

任何写作者都是从现实世界入手，慢慢走进文字世界。初期写作时都会写自己的成长故事，打开记忆的宝库，把那些即将模糊的影像一一打捞，再把它们一一写进文章里。这些都是无价的财富，也是写作者最大的幸福——我们在文字里重新活了一遍，似乎把一辈子活成了别人的两辈子。

自己的童年经历、读书求学过程、上班经历、成家立业感悟等等，每个人都会有记忆深刻的事情，只要认真发掘，总有触动自己的点，让自己能写出几篇不错的成长故事和怀旧随笔；而且同一件事，还可以从多个不同的角度去写，在现实世界的不断打磨中，写作者逐渐打开文字的世界，成为自己笔下的主人。

写作是心智模式的较量

很多人把写作想得太过遥远，以为那是专业人士或者是高学历的人士才能做的事。无数事实证明，只要你愿意写，就可以成为一名写作者。如同王小波所说："只要会说话就会写作。"一个是用声音表达，一个是用文字表达，如此而已。

写作既是文学水平的较量，也是心智模式的博弈。除了极少数人有真正的文学天赋，绝大部分写作者都是靠后天大量练习，不断锤炼自己的语言，提升笔力和语感，从量变达到质变，最后实现自己的梦想。

有人会自我怀疑、自我设限、自我内耗，时间就这样在自我否定中倏忽而过，待到垂垂老矣时，只剩一地的悲伤和懊恼。

常听到有人说："等我孩子大一点再写，等我退休时再写，等换个大房子有安静的地方再写，等我换份轻松的工作再来写，等我……"这样的人通常都不会再写，因为他永远都没有时间，他总能为自己找到各种理由。

想做的人找方法，不想做的人找借口。生而为人，每个年龄段都会有相应的烦恼在等着我们，总会有很多琐碎俗事缠身，时间如海绵的水，挤挤总会有的。热爱玩游戏的人总能抽出时间玩游戏；爱打牌的人总有时间打牌；如果是发自内心地热爱文字，有决心想成为一名写作者，那总能想办法规划出写作时间，享受写作的乐趣。一切创造性的工作能给人带来最高级的快乐感。

海明威、梁漱溟、村上春树等很多作家都是利用早起的时间专心写作。早晨是记忆力和精神最好的时候，大脑经过一夜的休息，做事效率高，把重要的事情安排在早晨做完，比如写作，这样一整天的心情都会特别轻松愉快。

有的人很早就找到人生方向，坚定一条路走下去，这样的人生就会很顺利，没有走弯路，没有纠结内耗，而大部分人囿于早些年没有环境、没有氛围，梦想早已搁浅。如今，我们赶上了移动互联网好时代，每个自媒体平台都需要大量内容创作者，各平台也有多种激励政策，如保底签约制、稿费、分成、高额奖金征文活动等。

只要你有持续的内容输出能力，不用担心没有伯乐欣赏你。现在是信息透明化的时代，不存在怀才不遇之说。不用担心自己年龄大、不是科班出身，也不用担心自己写得不够好，你只问自己能坚持多久，一年？两年？是否能写到 50 万字或者百万字？

村上春树说："喜欢的事情可以坚持下去，不喜欢的事怎么也坚持不了。"如何坚持下去？这是个老生常谈的问题。首先是要有对文字的热爱，其次是足够自律。最好有几个志同道合的文友互相鼓励，或者加入写作的圈子，不断激发自己的潜能。

写作到最后不是拼文采，也不是看文学水平的高低，而是拼思维和见解，也就是心智模式的比拼。

从我的个人经历来看，写作真的是人人都能学会的一件事，只要你有想法，你就可以用文字表达出来。当你对着手机或者电脑 Word 文档准备写作的时候，就假装对面坐着一个人，你在与他聊天谈心就好，把你的所思所想说出来。

生活中，很多人被传统思想所束缚，他们认为写作是高不可攀的事情，是一种神圣的存在，被太多的条条框框限制。他们没有理解现在新媒体时代的写作，自 4G 网络的出现、移动智能手机的普及，已是全民写作的时代。哪怕你是一个普通的农民工或保洁员，当你尝试着用手机写下一句话、一段话，日积月累，你就能完成整篇的文章。

只要你愿意，注册一个账号，你就能成为一名写作者。随着你的写作量加大，驾驭文字的能力不断提高，你就能成为别人眼里的作家。

1. 对于写作，你要调整心态和认知

写作者要调整的就是心态和认知，不要自我设限，给自己设置拦路虎，也不要把写作定义为专业人士的饭碗。现在是手机读屏时代，文字不一定要高深莫测，也不一定要文采斐然，并不是"语不惊人誓不休"的才叫写作。

你可以写生活感想，分享自己的思想观点和成长路上的故事，

或者看某本书、某部电影后的感悟，这都是写作。

李笑来在《把时间当作朋友》里面说："除了文学，文字还有其他责任，如传递信息、积累经验、分享知识。"我们可以分享自己擅长的领域，分享自己的所见所闻，哪怕是日记式的记录，只要你的文字充满正能量，对大众来说，都是有价值、有意义的。

我的一位合肥老乡叫郑少，以前我们都是同平台签约作者，他出版了一本书教别人如何做PPT。也许与郑少同行的人觉得会不屑："这有什么好写的呢？你写的我早就懂了。"但是，隔行如隔山，对于我们不懂的人来说，他的文章就是有价值，能让人学到知识。

职场新人看后觉得非常受益，给他文章打赏，甚至私信找到他，发红包请教，出版社找他继续出版系列书籍，网易云、知识星球等多个平台找他合作开课。他的这本书就是专业领域知识的讲解，属于专业类干货，他就是利用自己擅长的领域成功走上了写作这条路。

近几年流行一句话叫"知识的诅咒"，就是说人们都习惯以自己的角度看问题，认为自己的行业没什么值得可写的，写出来怕被人笑话。你以为自己很懂的专业知识，别人也都懂吗？每个人都有自己的优势，你把自己熟悉的领域分享出来，这对于你来说就是很好的写作素材；对于读者来说，就是很有价值的文章，能从中学到知识，了解到不同的行业信息。

我当初写了一篇关于送外卖的文章，写到外卖平台的规则、送外卖小哥的生活状态。我自认为写得并不好，只是把我从老乡那听到的内容写出来，相当于简单记录而已。没想到发出去后，这篇文章有很多读者非常喜欢，他们觉得我的文章写得接地气、有感染力，他们没想到送外卖还有这么多学问，看完才知道原来外卖小哥每天是这样生活的。对于没有接触外卖小哥生活的人，这样的文字就是有价值的。

天生我材必有用！你眼里的皮毛知识，用文字分享出来或许都会有人因此而受益，助人就是最好的助己。看到这里，你还局限在自我的认知里面吗？

2. 写日记是成为作家的摇篮

任何名家在年少时都有爱写日记的习惯，写日记是最贴近内心的一种情感表达。

通过写日记，留住了过往人生里的各种滋味：一方面，写日记是记录生活的好方式，可把外在经历转化成内在财富，使心灵更加丰富；另一方面，自己能经常从热闹的外部生活中抽身，与自己相处、对话，从而使内心宁静。

我在注册公众号写作之前，没有写过完整的长篇文章，只是断断续续写着百字左右的日记。2014年和2015年，我很喜欢在QQ空间发送说说动态，基本上每篇都是30~150字。这些内容主要是我的生活记录，比如今天做了什么可口的饭菜，再配上几幅图片；发几张门口桂花树的照片，写几句内心感受；看了某个文友的空间日志，写上几十个字留言。这样的动态说说一周有两次左右。

如果没有这样碎片化的日记式练习，就没有后来一年多签约两个平台的成绩。毕竟与我同期一起写作签约的朋友，他们在其他网站都有 10 万~50 万字以上的文字积累，我没有他们的写作经验和丰富的学识，我有的只是生活经历和一股不服输的劲头。

3. 让文字成为桥梁，实现人生跃迁

我的微信上有一位朋友，她是销售地坪业务的，被业界称为"地坪皇后"。

她每天写日记发布在各个平台，比如 QQ 空间、简书、公众号、朋友圈。她写的内容真的是日记，有的只有 200 字，但她每篇日记的末尾，都会备注详细的个人简介，以及她的品牌故事。她为什么要这么做？

她写的日记相当于媒介工具，以此赢得很多人的信任，以及别人对她毅力的肯定和佩服。工作那么忙还每天抽空写文字，这些关注者因此与她合作，购买或推荐她所销售的产品。以文字为桥梁，她实现了与读者的深度沟通链接，继而让读者成为合作伙伴或朋友。

她每天只写 200~900 字，但是坚持了 10 年，这让她成为行业的销售冠军，年销售业绩破亿，可想而知她的收获是多么丰硕。

4. 只要没有负能量，任何写作都有其意义所在

也许有人说，上文那位朋友的日记叫写作吗？她的写作有价值有意义吗？当然有。她就是因为写作，获得了更多关注度和认可。因为写作，让读者在她日记中，了解她这个人和她的业务。因为她多年如一日地坚持写作，读者会觉得她就是自己的老朋友，欣赏她的写作热情和毅力。

如果你现在对自己写作水平没有信心，你可以从 100 字日记写起来，也可以在公众号看看我早期的日记体文章，或许你就会信心满满，敢于迈出第一步。调整好心态，重新认知写作，只要没有负能量，你的每篇文章都有其存在的意义。

5. 要有无知者无畏的精神，敢于做梦

在我开始写作的第一年，我潜意识里就认为，写作可能是我后半生命运转折的重要机会。我发现身边的人都越来越喜欢看手机，那么总要有人成为内容生产者，那为何不能是我呢？我就是在这样的信念中坚持了下来。在这五年半中，我是内容消费者，也是内容生产者，未来亦是。

我正式写作之前，除了 2014 年、2015 年在 QQ 空间偶尔发点说说以外，没有任何写长文经验，出身低微，初中学历，离开校园多年。在这种情况下，我敢于下笔，敢于在脑海里幻想。我想象着自己将来能成为一名畅销书作家，幻想着有一天自己站在高高的舞台上，镁光灯打在我的脸上，面对数百人侃侃而谈。这

个幻想情节曾写在我的第一本书里。

这几年，在文友线下交流会上，我多次站在台上讲话，大家热烈地给我鼓掌加油，这算是初步靠近了曾经遥不可及的梦想。

在写作初期，我的写作是一种记录，一种自我表达，带有个人主观式的日记体。写着写着，我收获了读者的喜欢，签约了平台，在很多网友的鼓励下，还做了线上教育，影响了数万人，实现了年少时的梦想，成为一名别人眼里的老师和自由写作者。

很多读者留言说佩服我当年的勇气，现在想来我自己也佩服自己。我把自己的所思所想、身边人的成长故事都写在我的文章中，他们都化为我笔下的写作素材。写作也是对自己成长历程的记录和总结。

如果我当时不敢下笔，如果真听我那几位同事的风凉话："中国硕士生大把抓，中文系本科大把抓，语文老师到处有，你连小虾米都不是，恐怕还有字不认识……"那我还敢去写吗？只怕是早早放弃，哪会有现在的小成绩呢？有时敢于做梦很重要！

6．写作初期的心理障碍

如果你有很多心理障碍，建议你在写作的前半年先不要对外说，等写出 15 万字以上，再对外公开。相信经过半年的写作，有了部分认可你的读者，结识到几个不错的文友，看到一点写作的希望，这时候的你，内心应该会变得很强大。你也会意识到写作是人人都可做的一件事，没有了过多的自我纠结，而且有文友间的互相支持、温暖鼓励，身边负能量声音对你的杀伤力就会大大减弱。

不用太在意别人的闲言碎语，不要觉得自己写的文章不像真正的文章，也不要担心自己写的东西没人看，这些都只会让你徒增烦恼。在你没有写出 50 万字之前，这些问题不是你该着急的事，在写作初期你不必在乎有多少读者，只要负责写出内容就好。

所以，我建议新人学习写作要有无畏精神，敢于做梦，敢于幻想，并用行动去捍卫写作，最终努力实现它。

7. 不要以"天赋论"思想束缚自己

有人说自己很想尝试写作，但总觉得自己没天赋，不适合写作。现在都是在网络自媒体平台上写作，不是一上来就让你写鸿篇巨制，更不是一定要成为流传千古的大文豪，我们就是做一名自媒体写手，一名网络写作者，对于我们绝大多数人来说，我们努力的程度，压根还轮不到要拼天赋的地步。

我常对学员说，爱好加坚持就等于天赋。你持续写上一年多，至少能得到一点写作上的小确幸，在那些从不敢下笔的读者眼里，他们会觉得你就是很有天赋的人。写完 50 万字以上再说自己适不适合写作，而不是从来不动笔，却被各种说法困扰得望而生畏。

适合新手写作的平台推荐

自媒体平台层出不穷，写作者可以选择适合自己的平台，网络上常见的写作平台大概有 20 多个，我主要推荐一些个人觉得不错的平台。

1. 简书

如果你是新手，为了练笔，我建议你在简书上写。简书是一个非常文艺且纯粹的写作平台，编辑器特别好用，操作方便，所写文章可以私密保存到草稿箱。你能随时看到写作字数，也可以选择对外发布。每一篇文章可投稿 5 个专题，增加文章的阅读量。每个人每天可以发布 5 篇文章，每篇可以修改 20 次。

简书平台的互动性很好，在这里可以结交到很多志同道合的朋友。虽然现在简书平台有诸多改革，没有以前那么红火；但如果你是新人，它仍然是你练笔写文的好平台。在这里，你很容易找到存在感、快乐感和价值感，因此能更好地写下去。

2. 微信公众号

2012 年 8 月，腾讯推出了微信公众号，当时在公众号前景并不明朗的情况下，大众对它持有怀疑和观望的态度。谁也没想到几年后，微信公众号是写作变现最好的平台。

微信公众号相当于一个个人专卖店，是向外界展示自己的窗口。用订阅号助手可以直接用手机排版发文，但要想排版精美，还得在电脑端上用秀米、96 排版等编辑工具进行排版，套用喜欢的模板后，复制到公众号后台发布即可。

在微信公众号上，拥有 500 位粉丝就能开通流量主，只要有几个人点击广告，就能赚一份早餐钱。

经营公众号最大的好处就是倒逼自己持续更文，把所有的文字集中储存。不管阅读量到底有多少，建议每个作者都有一个自己的公众号，这就相当于拥有自己的个人旗舰店。我在 2016 年 6 月注册了"齐帆齐微刊"，才让我将写作之路持续了下来，每次停更几天，后台就有读者留言催更。微信公众号更是储存"铁粉"的一个好平台。

3. 今日头条

今日头条是一个非常适合新人的平台，目前用户量基数非常大，大约有五六亿人。

头条平台的内容发布类型分为微头条、文章、问答、视频、直播。微头条可以带货，文章和视频按阅读量会有相应的流量收益。优质爆款文章的点击量越高，得到的收益就越多。

今日头条的口号是"信息创造价值"，可以满足不同群体的需求，而且今日头条平台的门槛非常低，对文笔几乎没有要求。平台上既有律师、理财师、高级教师等权威认证作者，也有很多做农活的作者在今日头条发文获取流量。受众用户也是普通的大众，他们会把作者的发布内容当新闻八卦看，而不会像文艺平台，对内容要求比较高。

微头条内容通常是在100~800字，相当于QQ空间说说、朋友圈动态或微博动态。其好处是可以看到阅读量和点评，更重要的是还有相应的收益。如果你发了什么热点或者奇闻逸事，可能一个微头条就能收益好几百元。这点非常吸引人，这也是头条能迅速崛起的原因之一。

如果你是新人写作者，可以从微头条开始练笔，这是非常不错的练笔方式。微头条也是很好的素材资料，等有时间的时候，再把一条微头条扩充成一篇长文章发布到自己的各个平台账号，一举多得，让素材最大价值化。

4. 豆瓣

豆瓣是国内一个比较文艺性的大平台，成立于2005年，以写书评和影评、摄影为主要方向。平台上有很多传统作家，也有很多自媒体大咖。

如果你想写书评、影评，那么豆瓣会是一个不错的平台。豆瓣平台的内容发布类型分为发广播动态、写日记话题、写短评长评。一些回答内容优秀的日记话题也会被推荐到热门，能吸引很多人的关注。

平台潜伏着各家出版社编辑和一些机构运营负责人，他们或许就是你的伯乐。我有一篇文章是回忆在工厂生活的文章，发表在豆瓣半年后，吸引了网易平台的编辑，让我按他们的调性和结构重新修改文章，授权发布在他们的平台，给我千字千元的稿费。这样一篇文章相当于普通文员一个月的工资，这就是意外之喜。

在豆瓣还可以发中短篇小说。文章质量不错的作者就有机会签约豆瓣读书，能得到出电子书的机会，优秀的小说或许有出版纸质书或改编成影视的可能。

写作者在多平台曝光就有了相应的流量，如同在网络上安装了好多个广播，让无数人知道你、看到你。持续输出内容，文章比较不错的作者，就会得到不同的合作机会。在时间、精力允许的情况下，建议每一篇文章至少要发布 4 个平台，不要浪费自己的劳动成果，让它价值最大化，以收获潜在机会。

5.“每天读点故事”

“每天读点故事”是一个故事型的 App，这个平台非常干净纯粹，是一个故事平台。平台上的文章质量都非常高，故事很有创意，作者们真是想象力极强，脑洞大开，写出了各种精彩曲折的故事文。我们可以在上面看故事、听有声故事，也可以发表自己的文章。这个平台适合喜欢写故事和看故事的伙伴们，还能听书、学习两不误。

如果有幸被"每天读点故事"平台签约，每篇就有保底收入加流量分成收益。我的朋友漫，她最喜欢写一两万字左右的故事，她在"每天读点故事"平台每个月能拿到 3000 元以上的收益。写出好故事，好处多多，哪怕是短篇故事，只要故事精彩，一样会有被改编的可能。喜欢故事文的朋友，"每天读点故事"平台千万不要错过。

6. 百家号、网易号、大鱼号

百家号是百度旗下的写作平台，网易号是网易旗下的内容平台，大鱼号是阿里巴巴旗下的平台。他们都想分走自媒体的一杯羹，作者就是为平台提供内容的人，同时又可借助平台获得自己想要的展示机会和收益。

这三家平台也和今日头条一样，作者按流量获得相应稿费。如果写的热点文、干货文、书评、影评，可以同时发布于几个平台，通常在半小时内发布，都算是首发文章。写文花费几小时，发文只要 3 分钟，把自己的作品多多展示，可以获得更多的流量和收益。

本章小结：

调整网络新媒体环境下的写作心态和写作认知，培养写作习惯，锻炼无意识写作法，利用碎片化时间写作，抛弃完美主义心态和一切写作心理障碍，先行动再完善。行动是打败自我纠结的最好办法。

了解几个常用的写作平台，从中选出自己喜欢的发文平台，并努力做到持续输出，让写作成为生活的一部分。例如，我目前以微信公众号、简书、今日头条、百家号、豆瓣、知乎为主要发文平台，辅以微博、搜狗、搜狐、美篇、十点读书等平台。

第2章

搜索能力——写作者必备的底层能力

搜索能力是储备写作素材的主要能力，有人曾说："当今社会的文盲不是没有受到过学校教育的人，而是不懂得利用网络搜索来为自己服务的人。"

如何利用好搜索工具，掌握收集写作素材的方法，让自己不再缺素材，这是每个写作者必备的基本能力。

为搜索写作资料赋能

1. 搜索平台

写作者要具备很强的搜索能力，利用好相关平台，让手机一打开就是我们的在线"笔记本"，不愁没有丰富的写作好素材。

除了百度、搜狗、谷歌这三大常用的搜索引擎以外，各个内容平台也是很实用的搜索平台，比如：百度贴吧、天涯论坛、地方论坛、微信公众号、朋友圈、今日头条、知乎、豆瓣、微博、油管、推特、脸书、百度文库、爱文共享、360 图书馆、微信读书、抖音、小红书、视频号、火山、快手、梨视频、西瓜视频、哔哩哔哩等。在这些内容创作平台上搜索相关的词语，都能找到你想要的素材，这些平台相当于百度百科，它们都是你的移动素材库。

你若是个有心者，不管哪个平台都是你的写作资料来源，取之不竭，用之不尽。比如写情感文的人别错过网易云评论，那里有太多精髓的观点和句子，偶尔看看万能的网友们的精彩评论，刹那间就会文思泉涌。

2. 长尾词延伸法

有时候找不到合适的素材，可能是你搜的关键词不对，或者是没有用关键词进行延伸。

如果你要写关于暗恋的心理活动或者场景，把与暗恋相关的关键词在各个平台上进行输出搜索，如：暗恋一个人有哪些表现？热恋时有哪些状态特征？暗恋时有哪些特别的表现？

用主词"暗恋"去搜索，但结果会比较笼统，再用完整的一句话以及用长尾词搜索，就会更加全面。也许搜出来的结果你都经历过，但是你可以学习不同人的描述，看看谁的表达更生动，谁的语言更凝练，有哪个字或词让你觉得用得极妙，可以参考借鉴。

假如你打算写某个知名人物，想写出更多别人不知道的人物故事，那就得从不同的渠道用长尾词去搜索。知名人物只用人名搜索，那弹出来的结果都是大家知道的故事，已经被写"烂"了，没有什么新鲜看头。

我们必须多花点心思去找资料。如果想写360的创始人周鸿祎，你只搜索他的名字是远远不够的，采用长尾词延伸法就会有更多收获，如：360是哪一年上市的？周鸿祎在读大学时有什么成绩？"3Q大战"时，谁在最后真正得到了实惠？周鸿祎的创业之路能给大家带来什么启示？他成长路上最大的贵人是谁？……

利用长尾词反复来回尝试，相当于计算机帮我们做了初步筛选，我们就能找到自己想要的信息。学会用长尾词延伸法搜索关键词，最大的好处是避免和别人素材相似度太高。我们通过不同关键词的组合能挖掘更多新颖的信息，以及多数人没有轻易找到的素材。在寻找素材这方面，一定要比别人多点耐心，你才可能拥有新颖的写作资料，别人看到你的文章才会眼前一亮。

3.精准搜索

我们在网络上查找资料时，经常弹出一些无关的信息，想屏蔽这些没用的信息，在搜索的时候可以用减号来减少干扰。比如你搜索关于学习写作的话题，你在"写作"二字的后面加上减号，再加上"广告"二字，如"写作－广告"，你查找出来的就是网络作者的写作心得，还有一些作家的心路历程，这样就去除了一些营销信息。

在搜索引擎上搜索某本书或某部电影的时候，一定要加上书名号进行搜索，如《明朝那些事儿》《乱世佳人》《阿甘正传》，有书名号才能有精准的素材资料。

当你反复搜索相关内容时，会有一些内容让你产生一些灵感，这时把有用的信息整理到素材库，方便你之后有源源不断的话题去写。我们不过是用搜索的素材刺激自己的灵感，发挥更多的想象力，千万不要大段复制，必须要用自己的语言，要有自己的思想观点。

高效搜索收集素材的能力

很多人说自己很想写作，但实在没东西可写，主要原因是不会寻找写作素材。任何一个写作者都离不开素材，它是我们写文章的重要材料。我目前主要在百度、知乎、今日头条、微博、微信、新榜上搜集素材。

演讲节目、综艺活动甚至百度词条，都可以作为我们的素材来源，如TED、BBC、《奇葩说》《吐槽大会》《奔跑吧！兄弟》《圆桌派》、全球史上最佳电影TOP100等等，只要你带着写作的目的，就能拥有丰富的素材。

每个领域都有垂直网站，比如平面设计有站酷网、觅元素等；商业科技类有36氪；教育类的有小花生网；科普类的有果壳网；美食类有"食记"和"下厨房"App。在垂直领域去搜索相应的素材，能节省一定的选择成本，非常高效。

以下是几个常见的平台，只要用好其中的三四个，就可以满足写作路上的素材需求。

1.微信

微信是目前市场上最大的社交平台，我们从微信或公众号上看到自己喜欢的文章、视频、图片、群聊记录，点击收藏，以便自己在需要素材的时候可以进行再次浏览。如果你对职场类的文章感兴趣，可以做一个标签"职场"，写文章时需要相关素材，只要搜索职场就会弹出来，便捷高效。

微信上有"看一看"和"搜一搜"的功能："看一看"里有你的微信好友认为比较好的文章；"搜一搜"里可以查找你想要的内容，还能按条件筛选你喜爱的主题文章，属于精准定位。通过"搜一搜"还可以筛选出朋友圈、百度百科等相关平台的资料信息，包括微信热点、腾讯、网易、新浪等新闻。

2. 微信公众号

微信公众号目前是市场上输出内容最优质的一个平台，如果关注了很多优质公众号，但却无法在需要的时候准确搜索，这时可以登录"搜狗微信"，这个网站专门进行公众号搜索，方便快捷，可以看到全网所有的公众号文章。

我的第一篇阅读量10万+文章的素材就来源于一篇公众号文章的留言区，其中一段留言的金句给了我灵感，我当即收藏。第二天我将其创作成一篇文章，发表在自媒体平台，被人民网的编辑看上并约稿转载，让我的公众号增长了300多位粉丝。

3. 自定义微信群

我个人目前有4个微信号，我把4个微信号拉了一个群，群名就叫"我自己"。这群长期置顶，我在不同的微信朋友圈或者微信号上，看到好的素材就会复制或转发到这个群，这样我不管用哪一个微信登录都能看到这份素材，相当于中转站，还是临时写作素材资料库。当然也可以收集整理到另一个 App，如印象笔记、讯飞语记等。

如果你没有这么多微信，就用微信自带的文件助手，一样可以作为临时素材收藏处。

4．句子控

句子控 App，可以搜集名人名言、经典语录、散文美句、经典台词，你想要的深度好句子在这里应有尽有，你可以随身摘抄阅读收藏。它汇聚了大量优美的语言，想学习更多金句，增加词汇量，这是不错的平台，能给写作者带来很大帮助。

5．段子网

这个网站有很多经典的段子、语录、冷笑话、幽默搞笑图片、小知识和心情短语，在你感觉有时没素材可写的时候，来这里看一看，说不定能创造出一篇搞笑幽默的故事文或一部短篇小说。

6．新榜

新榜应该是大家耳熟能详的平台，这是新媒体头部数据分析的平台，数据量很大，能解决我们的素材需求。新榜也是业内知名度最高的一款数据分析工具，它每年、每月都会发布中国微信500 强榜单，在行业有权威效应。新榜平台上收录了 1000 多万个公众号，可以随时查看他们的动态排名，然后选取自己喜欢的优质公众号来阅读。

新榜平台上也推出了一个号内搜的功能，我们用移动端也可以使用，非常方便。

7．易撰

易撰是基于数据挖掘技术为自媒体内容创客提供写作灵感、创作工具的平台，现已成为中国用户最多的内容创客的工具平台。

易撰整合了各类平台的数据，包括视频、公众号文章、爆文分析、热点追踪、质量检测标题生成，这些都是新手入门很好的工具，为内容创作者提供了非常丰富的写作素材，还可增进新手对行业的了解。

这里还可以搜索敏感词，以免踩坑。易撰网站还能支持标题风险检测、错别字检测、原创度检测、违规信息检测等。我们在使用的时候只需要把文章复制粘贴或者一键导入编辑框，然后选自己需要检测的选项，点击"立即检测"即可。

易撰网站里面有很多话题库，我们可以选择自己喜欢的领域查看相关的素材，这些都是写作的极好材料，当你熟练用好这些，你还担心没有素材写作吗？

8．豆瓣

豆瓣是我很喜欢的一个文艺平台。我每次打算写书评、影评前，总会先在豆瓣上查看关于该电影或书籍的评分，一般会选 8 分以上的书籍。这样做的好处就是可以看到这个电影或书的市场反应情况，以及受欢迎程度，顺便可以看看其他人写的书评，有哪些有意思的观点，以作为自己的灵感素材；同时可以了解这部电影或书的大致脉络，方便自己在正式看的时候有一个清晰的思路，这也是一种很好的积累素材的方式。

9. 微博

微博是热点事件最先爆发和传播最快的平台，相当于公开的大广场，微博热点事件下网友的高赞评论，堪称宝藏，都是我们宝贵的写作素材。

如果我们想要蹭热点，就去看微博热搜榜，看热度排名，看事件信息资料，再去看广大博友的留言观点，触碰思维的火花；如果想写某个知名人物稿，可以去查看该人物的微博挖掘相关素材；写文章的时候，可以参照网友的精辟评论，触发共鸣。

10. 知乎

知乎上有许多知名专业人士，垂直领域的内容质量相对较高，热门评论处可以看到让人耳目一新的观点。知乎上还有许多大咖的专栏，内容更加系统全面。我们在一些大号文章里，常看到很多作者在文章开头会这样写：最近知乎上高赞某话题……

这足以证明知乎在人们心中的地位和影响力。

11. 今日头条

今日头条也有全国热搜榜，还有其中的问答、视频都能成为我们写作的素材。头条同样也有搜索功能，不管是人名还是某个话题，从头条搜索框里一样也能查看到相关信息。社会上很多名人也会在头条平台上发布信息。

我们在写作前，在这些平台上输入关键词，多看看别人的写法、结构、观点，就会觉得有无尽的素材可写。会寻找素材、搜集素材、运用素材是成为一名写作者的必备条件。

在线"笔记本"：随时记录灵感

我下载的印象笔记 App 和有道云笔记 App，都是非常好用的在线"笔记本"。本书的写作内容都是我在有道云笔记上完成的，它能保证我在有灵感时，随时随地地写作。只要一有想法，我就能打开手机接着某个章节去写，丝毫也不会耽误，电脑和手机还可以随时切换。这样就可以利用碎片化时间看看自己的稿子，哪里需要完善，哪里需要修改删减。即使某天手机或者电脑不小心弄丢或者出现小故障，所写的稿件依然保存在 App 上，不用担心自己的脑细胞被白白浪费。

在新媒体环境下，必须要有随时随地创作的能力和意识，要培养自己使用在线"笔记本"的习惯。有时候灵光一现，要及时记录下来，否则以后就想不起来了。

"好记性不如烂笔头。"千万不要高估自己的记忆力，一定要把重要的关键词写下来，这样可以加强印象，方便之后回忆。当你需要这部分素材写文章时，只要查看一下记录的只言片语和关键词，就能迅速提取到所想要的精华材料。

那些在线的笔记 App 就是及时记录和收藏写作素材的百宝箱，如便签、印象笔记、讯飞语记等。在整理时要记得分类，便于后期查找。当你需要时，打开这些笔记 App 搜索关键词，就能找到自己想要的。如按时间整理"2021 年 4 月份的写作灵感素材"；标题式记录："喜欢的诗词""名家金句""励志名言""职场话题""行业信息"等。把细节做在前面，是为自己节省时间，能让自己快速检索到需要的资料信息。

写作灵感：不断地创造新知

俗话说："巧妇难为无米之炊。"写文章如做饭，文章中用的材料就如煮饭用的米一样，没有米如何做出饭来？文章内容要写得充实，就需要材料支撑，拥有丰富的素材是写作的核心基础，而素材来源于你曾经历过的事、读过的书、遇见过的人等等。

著名散文作家秦牧曾说，"一个作家应该有三个仓库：一个直接材料的仓库装从生活中得来的材料；一个间接仓库装书籍和资料中得来的材料；另一个就是日常收集的语言的仓库。有了这三种，写作就比较容易"。

写作素材主要分为一手素材和二手素材：一手就是自己直接体验和听说的；二手素材就是从别人的书里或电影里得来的素材。

做一个生活的有心人，我们就能拥有无尽的素材。

1. 多交流和倾听

如果你想成为一名写作者，一定要有目的性地交流，也就是多提问，而且要针对性地提问，用心地倾听。

参加文友聚会或者家族聚会时，我就喜欢提问，最爱倾听老人聊天，他们所经历过的时代，那些远去的岁月，那些悲喜交加的往事，都能成为很好的写作素材。

当老人遇到一个愿意耐心倾听的晚辈时，他们也很乐意去诉说，犹如打开了尘封的话匣子。我老家的几个老人这样评价我："帆齐这孩子就喜欢打破砂锅问到底，就喜欢问些怪话，让人不知怎么回答才好。"

我从小就喜欢和老人聊天，喜欢提问，那时并不知道自己将来要成为写作者，这属于一种无意识的行为，一种发自本真的热爱，好奇心很强。我向来爱和有故事的人交谈，后来，我才发现很多写作同行在年少时都有这一爱好。

曾经有人说过，一个作家的情感地图，在他 25 岁之前就已经形成了，往后的写作之路，他不过是把曾经的素材每次捞一点再进行打磨和虚构。

严歌苓的多篇小说是军旅题材，因为她曾在部队当过多年文艺兵，熟悉部队生活。她的每一篇小说都有她本人的影子，比如她笔下的《芳华》《一个女人的史诗》等小说。

莫言在多篇小说中都写到过一个打铁匠，他的成名作《透明的红萝卜》以及他刚出版不久的小说《晚熟的人》，都提到打铁匠这样的人物形象。为什么他总是会写到打铁匠呢？原来莫言在少年的时候特别想学打铁，无比崇拜同村的一位德高望重的打铁匠，那位铁匠师傅也很喜欢莫言，主动收他为徒，想必这是刻在莫言灵魂深处的人。

我家在 2002 年盖了新房子，但我的梦境中从来没出现过新房，都是小时候的土坯房，老房子仿佛深植于我的灵魂深处。我每次写怀旧随笔时，都写得特别顺利，比如我写过《老屋与土灶台》《童年趣事》《记忆里门前的小路》等等。

张爱玲曾说，最好的素材就是自己最熟知的素材。从前的生活经历就是我们写作的最好素材，写起来得心应手。当你把这些一手素材都写得差不多时，可以开发二手素材。二手素材可以从书本和影视作品中源源不断地获取。

我们只要在生活中用心感受，就可以写作。平常读书或听书时的某个句子，在工作中听到的某句话，都是素材。我们甚至可以写自己的工作总结，写书评、影评，等等。

2. 多看电影

想成为一名优秀的小说作者，我认为这几部电影是必须要看的，而且要反复地看，如《潜伏》《世纪佳人》《罗马假日》《肖申克的救赎》《阿甘正传》等。

前面已经提到过，在豆瓣进行搜索了解某部电影、某本书，我们在看的时候，一边看，一边迅速地做笔记，并思考有哪些可以作为一篇文章的切入点。

我在看电影《肖申克的救赎》之前，已经了解到很多相关的信息。这是一部世界级的经典作品，经久不衰，主人公博学多才，在逆境中保持坦然的心态、坚定积极的成长型思维等，这些都是值得书写的素材。我曾写过一篇这部影片的影评——《〈肖申克的救赎〉告诉我们，想要改变命运要从这四个维度……》。这篇文章获得了不错的阅读量，发布到几个自媒体平台都得到了不错的收益。

我们在看电影时要带着问题去看，比如作者或导演为什么这样安排？这部影片在什么样的大背景下产生？作者用了哪些创作手法？有哪几个片段值得去书写？

去年暑假，我陪孩子看电影《何以为家》，它讲述了赞恩一家为逃避战火，从叙利亚逃到黎巴嫩贫民窟的故事。一大家子住在破败不堪的小房子里，晚上横七竖八地睡在地上。男主角赞恩作为长子，父亲不让他上学，从小就肩负起整个家庭的负担，在街边卖饮料、送货等等，历经种种磨难，命运依然没有眷顾他。

赞恩11岁的妹妹被父母强迫嫁给比自己大10多岁的房东，妹妹没多久不幸身亡，赞恩愤怒地冲进房东家，砍伤了对方，被抓进监狱。他用监狱电话打给电视台，他说要起诉父母生下他而不养他的事实。

影片开头"我要控告我的父母，因为他们生下了我"，一个12岁的小孩公然控告自己的父母，这非常不适合普世价值观，到底发生了什么事？我相信，任何一位内心敏感的人，看完《何以为家》这样的电影，都会沉默思考很久，想写点什么。个体在大背景下是多么渺小，这部电影能直击人内心深处的柔软角落。看完后，我和女儿分别写了观后感。这样的触动就是灵感，也是写作的最好素材。这就是影视带给人视觉和感观上的冲击力。

文艺不分家，用学习的心态去看每部电影、每本书，它们都是很好的精神产品，我们可以从中研究创作技巧。当你走进电影院的时候，不仅要带着消遣之心，更要带着你的敏感之心，有意识地观察和思考。

3.寻找写作路上的知心伙伴

我们可以找几个志同道合的朋友，不用太多，10个人左右就好。大家每周必须更文5000字，未完成任务的人在群里发一定金额的红包作为惩罚。这是一个彼此督促的好办法，大家相互阅读、留言、点评，互相激励，共同成长。

发红包激励法还是很有用的，我曾经用这种方法坚持了大半年。现在已经不需要这样的激励，写作已成为我的信仰和日常。

在写作初期，这个方式是很有必要的，人或多或少都有一点攀比心，你愿意做十个人中一直倒数的那个人吗？你愿意每周都被罚钱吗？在这样的氛围中，你会不好意思，必然能坚持得久一点，比一个人埋头写要有趣得多。

4.用词语、成语、名字等编小故事

10个人组成一个小微信群，每天随机用一个词语写故事，要求大家在20分钟之内一起写，看谁写得快。这样可以锻炼大家的思维反应能力和语言组织能力。同一个成语，大家可以写出

不同的主题，这在无形中激发了写作的灵感。

有一次，群里出题"时光"这个词，我花了15分钟写了1300字的随笔，我写道："我看着妹妹的孩子，想起了小时候带着妹妹学走路的场景，我不禁感慨时光的力量，现在她都有小孩了，这是一种生命的轮回。"

也可以围绕一个成语，或群里某个人的笔名，在指定的时间内编出一个小故事，完不成的人每人发10元红包到群里。这样的活动很有意思，不仅锻炼自身快速组织语言的能力，还能增加写作的趣味性。

在这样的文字游戏中，同频人一起写，互相激励，再加上时间限制，大家在不自觉中就能提高写作速度，一旦坚持三个月，写作效率就会大大提升。如果你以前是连日记都很少写的人，那参加这样的活动，肯定非常吃力。建议你先不要跟别人比，只跟自己比，看看第二天比第一天快了多少，这周比上周进步了多少，不断超越昨天的自己就好。

任何活动，重在参与。只有切身参与其中，才能感受到过程中的美妙，人生的最大意义就是在前进的路上不断突破自我限制，写作亦是如此。

5. 音乐刺激灵感法

我们在写作时戴上耳机听音乐是很好的一种写作方式。著名作家庆山在写《莲花》那部小说时，循环听《喜马拉雅》原声碟第二首"*Norbu*"和第十一首"*Karma*"，她认为这样能让内心平静，迅速进入状态。后来，她一听到这首曲子，就能想到上次所写的情节，形成一种惯性。张爱玲的小说《茉莉香片》的开头就是音乐式的串起，以此诉说一个传奇的故事。她将音乐作为背景，无形中增添一种苍凉又悲哀的感觉。据说她本人在写作时就很喜欢听音乐。

我在听到一些怀旧经典老歌时，随着乐感会产生一些思绪，就想写点随笔散文。听到歌曲《别怕我伤心》时，不禁想起那些曾一起听这首歌的同事，怀念曾经的青春岁月，不知道大家现在都怎么样了，这些年又有怎样的人生际遇呢？于是，写出了《张信哲：你曾是我的青春》这篇文章。

有一段时间我非常喜欢听罗大佑的《光阴的故事》。这类老歌能提供给我源源不断的写作素材，好像带我穿越回了青春岁月。我想起了当年去外地的宿舍好友，以前我们经常通信，每次恨不得数着日子等着信；如今我们联系的方式越来越多，可我们的朋友却越来越少！随后我又写了篇《你的朋友还剩下谁？》。

每一首歌曲都有它的意境，都是在表达一个故事，有的歌词押韵凝练，非常有水平。边听歌曲边写作，这是激发灵感的其中一种方式。

6. 模拟黑夜法

从古到今，很多作家喜欢在夜深人静的时候写作，如卢梭、鲁迅、巴金等人。但熬夜毕竟不是个好办法，影响身体健康，拥有好身体才是最持久的核心竞争力。

我们可选择在白天模拟黑夜刺激写作灵感。我有时候就是这么做的，在打算安心写作的白天，拉上窗帘，关上门窗，让整个室内保持黑暗，电脑边放一个小台灯，而且是黄色昏暗的灯。

这样就让人感觉好像在夜晚，内心非常宁静，外面的喧嚣世界和自己没关系，你听不到也看不见。如果你所处的环境仍然有噪声，可以选个隔音耳机戴上，这样就很容易进入状态，犹如在万籁俱寂的深夜里，内心里会有万般思绪不断涌出。

当你对着电脑文档或者手机开始敲字，思绪就如同打开了闸的阀门，写着写着就会文思泉涌，有时半小时就能轻松写出两三千字的初稿。这是我切身体验过的模拟黑夜写作法，非常值得尝试。

7．记录梦境

很多优秀的文章素材都来自梦境，因此有人说："作家24小时都在工作，就连做梦都是在提供素材。"当你看到一个写作者正在发呆的时候，你别打扰他，他或许正在构思创作。对于写作者来说，做一个精彩的梦，也是在创作。或许，你的某部成名作的素材，就来自于你的梦境。

梦可以帮我们寻回逐渐遗忘的记忆，残雪的《山上的小屋》，夏目漱石的《梦十夜》，这些作品的核心都来自于作者曾做过的梦。我发表在省刊《青年文学家》的一篇文章《老屋与土灶台》，其文章灵感就来自于我的梦。这个梦重现了过去我家老屋里的模样，让人感觉很神奇。你现实生活中已经见不到的人或事物，有可能某天就会出现在你的梦里。

弗洛伊德曾说："梦是潜意识欲望的满足，人清醒的时候因为道德、习俗等的约束，压抑着内心的一些欲望，这些欲望就会在人的睡眠中跳出来，以各种各样的形象表现出来，形成了梦。"

如果昨夜出现了精彩奇怪的梦境，醒来时要及时记录下来，能记多少是多少，哪天用虚构故事的形式把它写出来，或许就是一部优秀的作品。梦中的片段也是写作最好的素材资料之一。

8．多旅行或与朋友小聚

在条件允许的情况下，多出去走走。我曾和妹妹以及文友六个人一起去柬埔寨旅行，费用也没有想象中那么贵，团购 999 元游玩一周时间。这是我第一次出国。

我在途中歇息的时候，就会掏出手机在 QQ 空间写出行感受，写在大巴车上听导游讲的故事。导游的祖籍是广东潮汕，他父亲在特殊年代选择来到柬埔寨逃难，认为是给自己和后代最好的安排，但却在异国他乡受尽苦难，整整吃了 20 年的稀饭。听到他们因为时代和祖辈的决定，远离故土，曾过上那么多年动荡贫寒的生活，我的内心波澜万千，顿觉这是个好素材，赶紧写了下来。

当时的柬埔寨是东南亚政治最稳定的国家，谁能想到以后的事呢？于是我写了："他的父辈只是在当时的情况下，做了最好的选择。"同行的好友看到当地建筑的落后，自言自语地说了句："幸好我没有投胎在这个国家。"也被我写进了文章里。

导游在车上介绍时，我一边听一边快速记录关键词，同时还开了手机录音。导游是很有故事的人，他还说在柬埔寨的中国人都发展得不错，当地的公共设施离不开中国的扶持资助，还讲了很多同胞在那边创业成功的故事。

虽然我当时在旅行，但我的公众号"齐帆齐微刊"每天按时更新文章，有人说："玩就痛痛快快地玩，每天玩得很累，天气又这么热，哪有心思写作呀！"而我的想法是，趁着这么多素材赶紧写，等那股劲一过，可能就不想写了。

人离开家乡换个环境就会有很多感慨，比如写思乡文章的时候一定是离开家乡的时候，比如出门上大学、去另一个城市出差或去某个地方学习的时候等。

写作者要抓住每一次短暂出行的机会，不要浪费大好素材。你的每一次体悟都是最好的文章佐料，哪怕写得再不满意，你都要下笔写。来日再看这些文字时，会明显感觉自己的文笔已经进步成熟了。再回看这些曾经记录的草稿，也许能成为你某本小说的重要素材。

每座城市都会有线下活动，比如当地读书会、演讲学习俱乐部、作家签售会、自行组织的文友小聚等。在读书会上听到大家对某本书的分享感悟，我们可以写这次活动的收获，以及那本书对你的启发，这些都是写作的素材来源。

如果是演讲俱乐部，那么你会在现场听到很多精彩的故事，一样可以用在写作上。朋友小聚时，大家必然会交流聊天，你带着一颗八卦的心，总会得到一堆素材。所以，要努力做一个爱探索、主动索取信息的人。

由于每次参加写作线下会，我都是写文最快又最多的人，所以文章阅读量会更高，别人对我的印象也最深。有次在武汉参加文友活动，其他人一篇还没写完，我就已经写好了三篇文章，我优先获得了关注，叶倾城老师还主动关注了我的微博。

9. 学会采访

如果你的个人经历素材都已写完，感觉自己要被掏空了，这时候必须要大量地读书、看电影，主动地学习新知识来填补我们的"粮仓"。

还有一个最便捷的办法是采访，通过采访可以获取无尽的素材。有一个著名的理论叫"六度人脉理论"，是指地球上所有的人都可以通过六层以内的关系链和其他人联系起来，也称为"六次握手规律"。通俗地讲，你和任何一个陌生人之间所间隔的人不会超过五个，也就是说，最多通过六个人你就能够认识任何一个陌生人。

我们也可以通过这个理论采访到无数人。每个月采访两三个有故事的人，可以是你生活中的朋友或朋友的朋友，也可以是网友。所寻找的采访对象一定要是有趣或者有特点的人，比如，身残志坚的励志者、特立独行者、人生坎坷却乐于助人者、某个方面有一定成就的人等等，所选人物要具有正能量，具备普世价值观。

每个人都需要"被关注""被看见"，当你真诚地介绍自己，得体地说出你想采访他，想了解对方更多的故事，以便让更多人知晓，我相信很多人都会乐意接受你的采访。

采访最重要的就是要列好提纲，列出你最想了解对方哪几个点。在采访之外，要先了解对方的基本概况，比如对方的朋友圈，对方的文章或者曾经有人写过的有关对方的文章，以免自己一无所知，让对方觉得你很不重视这个事。

你抛出提问的 10 到 20 个问题，对方回答后的内容，都是你的素材。之后问一下对方最想展示哪个点，看看哪个点最值得写，哪方面最能引起读者的共鸣，然后在尊重对方隐私的基础上进行创作。在稿子对外发出之前，一定要让对方审阅确定。

著名作家王安忆的《我爱比尔》，武汉作家池莉的《小姐，你早》，这些令人震撼的成功小说，它们的素材都来源于采访。有的作家为了获得好素材，还特地去监狱采访，比如王安忆等。

有的作家会采访那些特殊行业的人物，如律师、警察、法官、记者等等。他们都会有大量的故事，如果你和他们做朋友，也能获得丰富的素材，而向他们获取素材的最直接方式就是采访。当你善于采访，那你的写作路上，永远不会缺素材。

10."复述式"写作法

每个作家在初期的练习技巧不同，会有不同的写作习惯。美国著名作家富兰克林在写作之初，喜欢用复述的方式进行刻意练习写作，这种方法非常适合新人作者。

富兰克林从小酷爱读书，但是写作水平并不高。有一次在与友人通信辩论关于女性教育的问题时，父亲乔赛亚看到他们来往的信件，认为富兰克林的文章说服力不强，对他提出了批评。于是，好学的富兰克林开始思索如何提高自己写文章的水平并付诸行动。以下是富兰克林在写作上取得成就后的回忆：

我偶然看到一卷残缺不全的《旁观者》，那是第三卷。我以前一本也没看见过。我买了它，读完了它，读得十分愉快。我认为文章写得极好，如果可能的话，我还很想模仿它。

抱着这个念头，我取出其中的几篇，把每句的大意摘要录出。放置几天以后，再试着不看原书，用自己想到的某些合适的语句，就记下的摘要加以引申复述，还要表现得跟原来的一样完整，把原篇重新构建完成。然后我又把我写的《旁观者》拿来与原来的比较一下，发现我的一些错误并加以改正。但是我发现自己缺乏词汇，或在记诵和运用词汇方面缺少准备。

有时我也把我记录的摘要大意打乱，几个星期之后，当我开始理出整句、完成全篇时，就先竭力使它们还原为最好的次序。这样是为了训练我的构思能力。而后再把我的作品与原文比较，发现错误，再改正过来。

富兰克林的自学能力超强，通过大量"复述式"写作练习，他逐渐形成了自己独特的写作风格：风趣幽默、朴实亲切。他的《富兰克林自传》畅销全世界，他在美国文学史上占有重要的位置，是北美最受欢迎的作家，开创了美国幽默文学的先河。

根据富兰克林的写作方法，我们平时看到某篇喜欢的文章时，也可以尝试用自己的表达方式去复述它，把看到的好文章"闭卷"写下来，让这些知识和个人的理解产生碰撞；搁置几天，再与原文对比优劣处，进行完善；联系自己的生活实际，或者查找相关案例，延伸出一篇有自己思想观点的文章。久而久之，你就会写出有自己个人风格的文章。

从富兰克林身上我们可以看出，任何人经过后天的刻意训练，都有可能成为一名优秀的作家。

这种"复述式"写作练习，类似于模仿写作，任何知名作家在写作初期或多或少都有模仿的痕迹。模仿一个人是抄袭，模仿一群人是创新，但要用自己的语言阐述，要有自己的观点想法。很多知名书法家、画家都是先从临摹开始练习，汲取百家之长，后期逐渐形成自己的独特风格，写作亦是如此。

找到适合的写作环境和写作习惯

（1）写作环境

任何事情都讲究天时地利人和，写作也一样，不同的人适合不同的写作环境。有人在任何环境下都能写得出来，而有的人就是挑环境、时间和空间。

作家张爱玲一直喜欢深居简出，极少社交，她的所有作品都是在封闭的空间完成，如《倾城之恋》《金锁记》《红玫瑰与白玫瑰》等，她的作品写尽了大上海的繁华与沧桑。

世界著名儿童作家安徒生喜欢在寂静的森林里构思童话故事，因为森林能让他释放想象力，让他能天马行空地构思童话世界里的种种精彩。

路遥写《平凡的世界》，不仅大量翻阅当年的报纸资料，还先后去了陕北偏僻的煤矿窑洞、黄土高原的小县城、榆林宾馆去寻找灵感。他不是走马观花，而是身体力行。他在山上放过羊，在田野里过过夜，这一切都是为了更好地写作。

同样是陕西作家陈忠实，写《白鹿原》时，他花了5年时间在偏僻的山村里写作，日复一日、年复一年地艰辛创作，才成就了这部茅盾文学奖作品。他觉得老家的环境让他远离了心浮气躁，拥有了安恬和宁静，他说："写作《白鹿原》书稿时，我觉得必须躲开现代文明和城市生活的喧嚣，需要这样一个寂寞乃至封闭的环境，才能沉心静气地完成这个较大的规模工程。"

知名作家三毛，她的主要作品都是在流浪中完成的，她所处的环境和生活状态，成就了《撒哈拉的故事》。

2019年获得诺贝尔文学奖提名的中国作家残雪，她是湖南人，却定居在云南写作，68岁的她，每天坚持至少写出900字。

畅销书作家庆山，她在文章里说写作与恋爱一样，需要适应不同的环境模式。她可以在喧嚣的咖啡厅写作，也可以在寂静的寺庙里写作；可以在书房里听音乐写作，也可以在阳台上写作。

法国作家雨果因《巴黎圣母院》闻名天下，据说雨果在书稿合同即将截止前，把自己关在一个小屋里，买了一整瓶的墨水，把衣柜都锁起来，只留下一件大披肩，免得受到外出的诱惑，他还买了一件长衫，到脚趾头那种，直到最终完成书稿的时候，他才扔掉了墨水瓶。可以看出，无论是在写作环境上还是创作时间上，雨果都对自己够狠，只为逼出自己的潜力。

写作与环境，这样的例子还有很多，看上去让人觉得不可思议，但写作环境在一定程度上的确会影响着作品的风格走向。如果你在一个熟悉的场所待久了，有段时间写不出来，尝试换一个场所去写作。比如周末去附近的图书馆，因为图书馆具有读书学习的氛围，这种环境可能会促使你产生新的灵感，让你有不同的感受想要去表达。

（2）写作习惯

闺蜜说她写作时喜欢斜靠在飘窗上的枕头上，枕头要够软，面前的小桌上放一台平板电脑、一壶绿茶，她一边敲着键盘码字，一边浸在茶香里。还有人喜欢写作时泡上一杯咖啡，焚上一炷香，用满满的仪式感使自己更好地融入写作状态。

我比较喜欢在早上写作，早上很安静，感觉全世界都是自己的，大脑精力充沛。偶尔，周末也会去图书馆或自习室，那里有学习的氛围和仪式感，大家不是在读书就是在敲打键盘，身处其中，让人很容易进入写作状态。但是在咖啡厅，我就很难安静下来。

我的学员清姐说，她的文字都是上班的间隙写的，什么时候有空，她就写上一二百字，只是为了不浪费时间。我的另一位学员从容小主姐姐一年写出了500多万字，有人笑称她是"触手怪"，她哪怕是在给孩子送饭的路上，都能用手机语音写上一篇2000字的随笔文章。这也是一种境界，一种放飞自我、自由表达的状态。

有的作家在写文章的时候喜欢抽烟，有的喜欢喝绿茶，有的喜欢喝咖啡，有的喜欢嚼口香糖、吃槟榔、抽雪茄、听音乐、哼曲子等。不同的作家有不同的写作习惯，我们可以借鉴参考他人的写作环境和激发灵感的方式，但重要的是必须得适合自己。

路遥在写作时一旦"断烟"，他就觉得自己无法思考，无法创作，甚至无法入睡。每当烟被送来后，路遥就像一个弹尽粮绝的士兵看到了水、饼干和子弹一样喜悦。

村上春树每天早起写作，写上10页纸（大概4000字）就停下来，然后出去跑步。他的很多小说都是在跑步的过程中构思而来，比如《当我谈跑步时 我谈些什么》。

我国知名童话作家郑渊洁，持续多年在早上4点起床，写到上午10点再休息，把最重要的事在早上都做完。他说自己是世界上最自由的人，可以去散步、遛狗、运动、看书。

梁实秋长期坚持晚上8点睡觉，早上4点起床写作。喜欢早起写作的作家还有海明威、列夫·托尔斯泰等人。

茅盾文学奖得主陈忠实写作的时候最喜欢抽雪茄，他每天下午三四点就停笔休息，以保持第二天能有更好的精力，不过度消耗体力。

不管在什么时间、哪种环境，用什么习惯写作，最终目的是找到写作的动力和激情，从而使自己持续稳定地写下去。

本章小结：

了解搜索写作素材的几个高效渠道，通过这些大众知名平台或专业领域的平台去搜索自己需要的信息，利用新榜或易撰平台搜索素材，整理到素材库。本章还介绍了刺激写作灵感，激发写作素材的一些方式，可以用音乐刺激灵感法、模拟黑夜法、成语扩写法、红包激励法、记录梦镜法、采访获得素材法、复述式写法等找到属于自己的写作方式和习惯。

第3章

结构框架思维——为作品添彩

关于结构框架思维的"框架"相当于一棵大树的主干，所有的绿叶和树枝都需要主干的撑托，而所有的素材和观点都需要文章的框架支撑。那么，在写作中如何构建属于自己的框架思维呢？

三步技巧，让整体思路更清晰

第一步：明确主旨，即你的文章想解决什么问题

解决问题是我们写作的重要动机之一。有的文字是作者为了寻求感情宣泄的出口，有的文字是为了表达自己的观点论述，有的文字是解决存在的问题，有的文字则是为了滋养人的心灵。

换位思考下，我们读别人的文字，除了消遣外，更多的都是带有目的性的，希望能收获些什么。读者阅读你的文字，想要弄清楚的，主要是你这篇文章针对什么问题写的（几乎所有的文字都是有其写作背景或者支撑论点的），对读者有什么帮助（如何解决这个问题）。

提炼主旨的具体步骤如下：

（1）列出这篇文章想要解决什么问题？用一句话列出来。

（2）列出解决问题的具体场景（案例）。使用一段故事最好，一句话也可以，但是要是能列出案例，更具有说服力。

（3）一句话说出你想要表达的主旨，也就是这篇文章的灵魂。可以遵照你的内心写出大白话，一开始别给自己提出更高的要求，就像与别人聊天那样，先列出来，再去提炼，这样能

省时省力。

只有主旨明确了，才可以进入下一步的写作。

第二步：建立大纲

有了主旨，剩下的是如何建立大纲。对有些作者而言，即便梳理好一个主旨，如何表达它也是个难题。文章没有一个好的框架，就显得思绪杂乱无章。所以，对于所有的作者而言，建立大纲是非常有必要的。

大纲类似于一本书的目录，也是一篇文章的小标题。当然有的文章没有小标题，但是其内在的主线是有的，不管是哪一种，建议大家在写作之前都要建立大纲，搭建文章的基本框架，做到心中有数。

大纲可以使用 Word 文档记录，也可以使用幕布和思维导图，在一张白纸上手写出来也可以，使用自己最熟悉最喜欢的方式就好。大纲里面的标题从大到小，并非一开始就考虑细节，而是先从整体把你的文章内容分为几个部分。

第三步：根据大纲搜集素材

在进行第二步时，作者应该对大纲内容所需要的素材做到心中有数。根据本书的第 2 章"搜索能力——写作者必备的底层能力"中的内容去搜集素材，或者根据自己想要的内容在网络上、记忆中、书籍中搜索资料，对大纲进行填充，一步步完成一篇完整的文章。

四个框架模型，让文章更有光彩

根据"三步技巧"，我给大家提供四个非常实用的框架模型，它们分别是：1Q3W1H认知结构框架、并列式结构、递进式结构、结论先行结构。

1.1Q3W1H认知结构框架

1Q3W1H认知结构框架是指，针对某一问题提出的一些观点，说明这一问题是什么，以及如何解决这一问题。

1Q（Question，问题）

你的文章想要解决什么问题？可以列出问题，比如，孩子不愿意上学怎么办？这是现实的问题，是普遍的痛点，是需求。

3W（What，Why，Who）

What（是什么）——你想表达什么意思？这是什么意思？

Why（为什么）——为什么要表达这个？为什么要提这个？这个真的那么重要吗？

Who（给谁）——这篇文章写给谁看的？虽然作者不清楚谁会阅读到这篇文章，但每个作者在写作前，总会有一个假想受众。

1H（How，怎么办）

如何解决这个问题？给出具体的解决步骤或说明。

"Question"解决的是针对性问题；"What"解决的是文章的定位问题，这个定位可能是概念，也可能是观点，更可能是表达的一种情感；"Why"解决的是原因和重要性，以及最终的导向目标和愿景；"Who"解决的是给谁看的问题，唯有锁定一篇文章的目标受众，才能更加有针对性地写作；"How"是文章重点，需要针对文章提出来的问题讲具体做法、路径和操作方式——在自媒体文章中，我们把这些称为"干货"。

比如，我们要写一篇书评。

Question：这本书是为了解决什么问题的？

What：这本书提出了什么概念？

Why：为什么提出这概念？这概念有什么重要意义？

Who：这本书是写给谁看的？

How：这本书提出了哪些解决方案？

从发现问题到分析问题，再到解决问题，经过这一系列的认知把一本书解读出来，能帮助我们写好一篇文章以至于一本书。这符合人们认知的基本结构，也是人类大脑全面认知事物的基本维度。

各位写作者可以尝试用1Q3W1H认知结构框架去分解你要传递的信息，一开始未必要写出一篇文章，使用清单式的记录即可。使用这种结构分解你想要表达的内容，你会更加容易理解一篇文章的结构，在之后的写作中得心应手，提升效率。

我提供一个清单模板给大家，供写作时使用。

项目	问题	回答
Question	你的文章想要解决什么问题？	
What	你想表达什么意思？	
Why	• 为什么要表达这个？ • 为什么要提这个？ • 这个真的那么重要吗？	
Who	这篇文章写给谁看的？	
How	如何解决这个问题？	

2. 并列式结构

所谓的并列式结构，指的是支撑你观点的各个段落之间是并列关系。并列结构的特点在于每一部分都同等重要，每一项之间并无因果关系。每一项之间无法相互替代，即 A 无法替代 B，B 无法替代 C，以此类推。

3. 递进式结构

递进式结构也是常用的一种写作方式，其具体执行方式较多。

流程递进法，如售前、售中、售后；从相亲、相恋到结婚；

从创意发起到创意申报，再到创意实施。

时间递进法：譬如，上文提到的过去、现在和未来；还有如初中毕业、高中毕业、大学毕业、工作的结构顺序。

按空间递进，如：中国安徽，合肥市，某某区。

大小递进法：从宏观到微观，从大到小，从小到大都是递进式结构。

重要性递进：从事物过程，按轻重缓急递进。把最关键的内容放在最后。

还有其他结构方式，常见的时间递进式结构，按时间轴来写作，历史都是按时间结构顺序去写，尤其写一些人物传记也是按时间轴去写，这个大家易懂，就不赘述。

实际上，不管是什么样的框架结构，只要用小标题进行区分，或用阿拉伯数字进行区分，就能逻辑清楚，让人明白其框架是什么，从而让别人更容易理解整篇文字。

4．结论先行结构

结论先行结构是在文章的开头先抛出结论，从结论开始写起。这种方式也是我们当下常见的写作结构的一种。

当下社会，人的注意力越来越难以集中，用"结论先行结构"写作，减轻了读者的阅读负担，让读者在刚阅读的时候，就已经提前知道了文章观点，在阅读的过程中读者就会自动把信息和结论相关联。如果一开始没有结论，读者会自行地联想，试图找出其中的主体，很有可能看了很久也不知道文章要表达什么。

开门见山之后，再用案例和分论点论证开头的结论。通常支撑主题的分论点尽量控制在两三个，最好不要超过五个，以免复杂冗长。

比如这样开头：

2020年，因为疫情，很多中小企业面临发展瓶颈，实体生意越来越艰难，但是××公司却实现逆势增长40%，原来他们充分利用自媒体和私域流量实现线上业绩暴增。

接下来，再说这个公司是怎么做到的，有哪些值得一写的操作案例。比如他们这几年一直在用心运营公司的公众号，粉丝已达到150万+；又利用视频和文章打造创始人故事，引发关注度，带动电商销售额；同时把流量吸引到微信公众号，再用微店联动转化销售等。后面这些内容都是为了证明开始的结论，是这家公司如何做到业绩逆势增长的步骤方法。

我们听一场演讲，看一篇文章，哪怕这是一篇职场工作总结报告，都是有它的逻辑性存在。结构框架其实就是逻辑层次，有逻辑的文章，让人看后非常舒服，一目了然；没有逻辑的文章，则让人不知所云，产生阅读障碍。

写作是与读者沟通交流的一种方式，所以一篇文章要有它的框架结构思维。尤其是在自媒体的文章中，我们一定要运用小标题，分为1、2、3、4、5……增强逻辑性，让读者看起来神清气爽，节省阅读时间成本。读者阅读体验好，文章读完率就会很高，数据流量自然会不错。

写小标题的过程就是列提纲的过程，列出你的思考想法，与大标题相互呼应，增强文章的逻辑性，让读者阅读起来很流畅。每隔300多字要分小提纲，每个提纲是表达段落里面的关键词信息，最好是金句。在屏读时代，这样不但看起来有逻辑，读起来也会很轻松，能降低读者的阅读疲劳。段落与段落之间要有合适的过渡，在表达上要自然简练，过渡要恰到好处，要有转折和承接句。

在文章中，除了注意框架结构，还要注意结构顺序，就好比线下100个人的培训会，负责人肯定会给大家分组，通常10个人一组，为什么呢？这样看起来比较有秩序，方便管理，能增强体验感和秩序感。这和我们写文章分小标题，运用框架思维是一个道理。

本章小结：

写文章时注意结构顺序，有空间的递进、时间的递进和程度的递进等。

了解常见的写作框架思维方式，写文章一定要有逻辑框架支撑，否则就像流水账，一盘散沙，缺少灵魂。选择文中的其中一种框架结构，尝试写一篇2500字左右的文章。

第4章

提升写作者的思想深度

　　有的人对事物的感悟特别灵敏，可以很快将色彩、味道、声音、情感等通过恰到好处的语言表述出来。即便这样，要想长期稳定地写出好文章，还是需要大量的读书和写作训练。写作是一项艰辛的体力与脑力结合的劳动，我们必须要多看、多听、多思考、多写。在此过程中逐渐提升文笔和思想深度。

刻意训练思想水平

1. 多阅读经典

关于多看，作家雪小禅说："成为一名作家的前提，最好是成为一名大杂家，没有看过一万本书，就不要想当作家这回事。"

在看书类别上，不要局限于某一个领域，中外作品、心理学、历史人文、自然科学、古典诗词等领域都需要涉足。这样，我们写作才会有全面的知识体系支撑，文章就不会单薄。这就是很多作家都懂历史、哲学、心理学等知识的原因。

提升文笔，多读经典作品是每个写作者必须要做的事。经典作品都是前人经验的汇总，每个人涉猎毕竟有限，尚不具备举一反三的能力，写出来的东西也很片面肤浅。但随着阅读量的提升，作者看得多了，就会有鉴别好坏的能力，逐渐形成一个独立的知识构架。在这个基础上，语言逐渐丰富生动，慢慢形成自己的写作风格。

韩寒18岁时便写出了销量过百万的小说《三重门》，他的书籍阅读量在高中之前就已经达到了2000多本。《萌芽》曾报道，他的书单都是一些晦涩难懂的古书，这些书在潜意识里便锻炼了韩寒对文字的敏锐感受。

我在直播间为学员推荐提升文笔的书单，有世界十大名著[1]、国内四大名著以及洪应明的《菜根谭》、吴楚材和吴调侯的《古文观止》。这些作品是书单中的必列项目，需要反复去读，哪怕每天只读两页，它也会润物细无声地影响着我们。其中楚辞、汉赋、唐诗、宋词、元曲等，这些都是大浪淘沙后的精华，不要贪多，不要贪快，看一句懂一句，看一段懂一段，它们会慢慢刻在脑海里，日积月累下来，都是提升文笔的好方式。

2."炼字"的艺术

写作是细化到字的工作，通俗点讲就是"码字"。以前有人说"炼字"，就是说我们需要找到最适合的单字去描述物或事，再把单字连起来串成句子。用字对于写作，如同一串基因序列，体现你写作的个性与内涵。

平地起高楼，码字是一项很辛苦的劳动，只有写作到一定程度才能在高楼上看到更美的风景。

唐朝著名的苦吟派诗人贾岛，他的《题李凝幽居》中有一

1.世界十大名著：列夫·托尔斯泰的《战争与和平》《安娜·卡列尼娜》，雨果的《巴黎圣母院》《悲惨世界》，高尔基的《童年·在人间·我的大学》，艾米莉·勃朗特的《呼啸山庄》，狄更斯的《大卫·科波菲尔》，司汤达的《红与黑》，玛格丽特·米切尔的《飘》，罗曼·罗兰的《约翰·克利斯朵夫》。

句在创作时先想的是"僧推月下门"，可他觉着"推"似乎不太合适，不如"敲"好。嘴里就"推敲推敲"地念叨着。不知不觉地，就骑着驴闯进了大官韩愈的仪仗队里。贾岛将自己做的这首诗，其中一句不知是用"推"好，还是用"敲"好的事向韩愈说了一遍。

韩愈听了，哈哈大笑，对贾岛说："我看还是用'敲'好，万一门是关着的，推怎么能推开呢？再者去别人家，又是晚上，还是敲门有礼貌呀！"贾岛听了连连点头，还和韩愈交上了朋友。

"推敲"从此也就成了脍炙人口的常用词，用来比喻做文章或做事时，反复琢磨，反复斟酌，也就是所谓"炼字"。

杜甫《春望》："感时花溅泪，恨别鸟惊心。"炼字是"溅"和"惊"。诗人张先的一句诗："云破月来花弄影"，炼字是"破"。我们现在仔细来品，这几个动词都用得极妙，可见炼字的重要性。有时，只一个字就能让一句话、一首诗灵动起来，且表达了一种非常美妙的境界。

3. 写作离不开思考

"读万卷书，行万里路。"这是我们常挂在嘴边的一句话。我们通过旅游增长见识，但不仅仅是长见识就可以了，还要有自己的思考。不然难免以"到此一游"的俗套方式结束旅行。一位优秀的作家哪怕是生活在僻乡，他也可以通过当地的风俗习惯、人情世故、俚语趣谈等，描绘出妙趣横生的乡野情味，其实这些，都是鲜活的写作题材。

生活处处都是题材，内心的思考程度更能体现文字的深度。写作不是走马观花似的形式主义，而是细心观察后的洞见，要把每一次出发看作一场修行。

写作也是一门"抓"的艺术，抓住时间、抓住情感、抓住经历等，给大众阅读的文字，写出来至少要基于一定的生活逻辑。对于自己没有经历的事情，没有一定的事实做依据，这样的写作是一种冒险的行为。如果自己亲身经历，哪怕别人觉得不可思议，也有真实的底气，因为这样写出来的文字才是最自然最生动的，文章才更有说服力。

阅读量增多，写作锻炼增多，自身经历到达一定程度以后，可以将一些自己的感悟和对世界的看法融入写作。理论来源于实践，写作体系成熟后，即便故事是自己虚构的，写出来也会符合逻辑。故事可以是虚构的，但情感是真的，让读者感受到"真"，这非常重要。真实、真诚是最高级的写作技巧。

好的作品，情节环环相扣，让人身临其境，欲罢不能。很多作家开始写作都是从故乡写起，因为故乡是一个人内心最熟悉的领域，情感表达也容易深入。我曾写过一篇《记忆里门前的小路》，这源于回到老家时看到日渐萧条的村庄，便想起在这条路上的点点滴滴。

我从最早记忆里的泥泞小路写起，到石子路、水泥路，再到我曾经和发小在这条路上学骑自行车、摩托车的经历。之后随着城镇化的快速发展，村庄只留下老弱妇孺，路边长满了野草，而在我的梦境中，总会出现记忆里的那条小路……一篇满怀深情的文章便自然成篇了。

当我们看过几篇怀旧文字，也会产生共鸣，这时就有了写作的灵感和思考。同时多记一记、背一背别人文章中的金句，做好摘抄和记录，这都是提升文笔的基本方式。

4. 精准用词的好文笔解析

在精准用词方面，张爱玲是写作高手，她总是能一针见血地说出人性深层次的东西。其文字犀利精练，直指人心，她的天才式表达让人叹为观止。

张爱玲《色戒》中的故事发生在 20 世纪 40 年代，女大学生王佳芝利用美色接近汉奸易先生意图行刺，她成功勾引易先生并准备下手时，却发现自己动了真情，在紧要关头，她通风报信让易先生逃过一劫，结果易先生却狠心地对王佳芝赶尽杀绝。

小说临近结尾时，张爱玲这样写易先生的心理独白：

> 他觉得她的影子会永远依傍他，安慰他。虽然她恨他，她最后对他的感情强烈到是什么感情都不相干了，只是有感情。他们是原始的猎人与猎物的关系，虎与伥的关系，最终极的占有。她这才生是他的人，死是他的鬼。

这一段描写的是易先生在最后的心理独白，张爱玲没有用"自私""恐怖""变态"这样的词来形容易先生，可读者却看得毛骨悚然，完全能够透过这一小段文字感受到易先生的恐怖与毒辣，还有他骨子里的那种极端与疯狂。

这就是张爱玲文字的张力，也是真正的好文笔。没有华丽辞藻的堆砌，也没有炫酷复杂的句式表达，读后却震撼人心。用词精准是一名优秀写作者的基本要求，也是一篇文章能够打动人心的关键要素。

我们再来看一段张爱玲的《听花落的声音》，学习她的精准语言表达。

家中养了玫瑰，没过多少天，就在夜深人静的时候，听到了花落的声音。起先是试探性的一声"啪"，像一滴雨打在桌面。紧接着，纷至沓来的"啪啪"声中，无数中弹的蝴蝶纷纷从高空跌落下来。

有一种花是令我害怕的。它不问青红皂白，没有任何预兆，在猝不及防间整朵整朵任性地鲁莽地不负责任地骨碌碌地就滚了下来，真让人心惊肉跳。

曾经养过一盆茶花，就是这样触目惊心的死法。我大骇，从此怕茶花。怕它的极端与刚烈，还有那种自杀式的悲壮。不知那么温和淡定的茶树，怎会开出如此惨烈的花。

只有乡间那种小雏菊，开得不事张扬，谢得也含蓄无声。

它的凋谢不是风暴，说来就来，它只是依然安静温暖地依偎在花托上，一点点地消瘦，一点点地憔悴，然后不露痕迹地在冬的萧瑟里，和整个季节一起老去。

　　这段描述夜深时听花落声音的文字，我尤其喜欢张爱玲用的"啪"和后面的纷至沓来的"啪啪"，这两个象声词用得极妙，让文章非常生动。"试探"二字，用的是拟人化的写法，显示玫瑰尊贵、矜持、娇羞或者不确定；"无数中弹的蝴蝶"这句形态描写，更是让整段的文字都活泼起来了。

　　这段文字表面上看起来作者是在描写景物，却以动写静，写出夜晚的万籁俱寂，烘托了作者内心的宁静。托物言志，表面写花实际写人，借几种花的不同凋零方式，隐喻着不同的人生观和生死观，表达了作者本人对生命的终极思考，以及对不事张扬的生活方式和态度的欣赏。

拔高主题，提升文章内涵

哪怕我们在写一个很不起眼的小物体时，在文章的末尾都可以升华主题。如我所写的文章《家乡门前的小路》，我通过老家小路的变化，在结尾升华主题，突出时代的发展变迁，乡村的逐渐落寞，个体在滚滚潮流下的无力感叹。很多文友和学员看到我这篇文章后，也立刻有了想写一写自己老家小路的冲动，这就是文字的力量。

我们曾学过杨朔的散文作品《荔枝蜜》，在文章的开头，作者写自己曾被蜜蜂蜇了一下，因而看到蜜蜂心里就不舒服。继而，作者描写了荔枝蜜的甜香（写物），不觉动了情，由蜜想到酿蜜的蜜蜂，便到蜂场——荔枝林深处的"养蜂大厦"——去参观，从蜂农老梁的交谈（写人）中以小见大，升华主题。

> 我的心不禁一颤：多可爱的小生灵啊！对人无所求，给人的却是极好的东西。
>
> 蜜蜂是在酿蜜，又是在酿造生活；不是为自己，而是在为人类酿造最甜的生活。蜜蜂是渺小的；蜜蜂却又多么高尚啊！

透过荔枝树林，我沉吟地望着远远的田野，那儿正有农民立在水田里，辛辛勤勤地分秧插秧。

他们正用劳力建设自己的生活，实际也是在酿蜜——为自己，为别人，也为后世子孙酿造着生活的蜜。

这黑夜，我做了个奇怪的梦，梦见自己变成一只小蜜蜂，酿造着未来……

如果一个作者只是局限写表面的小我，只看到浅层次的一角，那么他的文字很容易给人感觉是学生"日记体"，如同是他一个人在自嗨，在唱独角戏。

即便是写平常的物件，我们也要写出自己的深意和情感，切记要拔高主题内涵。哪怕是写母亲节，最后也可以加上："祝普天下所有的母亲们节日快乐！健康喜乐！"

我写过一篇《我奋斗了18年，才能和你坐一起吃火锅》的文章发在微博。这篇文章在我公众号里的标题叫《殊途同归》。实则标题模仿了当时杂志上的一篇爆款文，即麦子的《我奋斗了18年才和你坐在一起喝咖啡》。

我写这篇文章的素材来源于合肥一位学员邀请我聚餐吃火锅。虽然我们之前在微信群里有互动，但是与她吃饭聊天，才知道她的起点真的是我奋斗的终点，当即有很多感受。于是我有了这个文章的主题内容，我用了两条时间线穿插其中，从现在又倒回到过去，写我们俩不同的生活环境。那篇文章后面写到，我只是从那个环境跳出来的幸运儿而已，而大多数仍然在工厂里日复一日地劳作……

摘选《我奋斗了18年，才能和你坐一起吃火锅》部分内容：

同是80后，当你们在书海尽情遨游的时候，我的九年读书生涯里，因家贫，从没有一本课外书和《新华字典》。三年级上算盘课的时候，我是全班唯一一个没有带算盘的学生。所幸，算盘很快退出了历史的舞台。

那时每天都自卑到骨子里，冷眼与嘲笑无处不在，上哪我都会有低人一等的感觉。

不管生活多么残酷，时光的车轮，它自顾自地转动。兜兜转转18年过去了。因为自媒体，因为文字，现在与我交往的绝大多数都是大学生，其中不乏名校生，看起来我与他们并没有太多差别。

可是我无法忘记奋斗历程中那些艰苦的岁月和经历的磨难，或者说是忆苦思甜吧！当年那些和我在一起的工厂同事们，他们依然在单调枯燥的环境里，看不到梦想为何物，我只是其中跳出来的幸运儿而已。

环境是一切问题的根本，那些同事里不缺有才情有特长的人，只是囿于被圈子所局限，没有机会看到更广阔的天空，他们不得不与命运和生活妥协……即便我们知道世界有多么不公，但并不能成为我们安于现状的借口。努力了，奋斗了，才能有点希望。

罗曼·罗兰曾说，世界上真正的英雄主义，就是认清生活的真相后依然热爱生活。不管起点的差距有多大，但这并不妨碍我们热爱生活，跟世界周旋，同自我和解。

人生有千百种模样，领取属于自己的那一份。我们都在种瓜得瓜，我们也终将殊途同归。

我用 18 年的时间相互交叉对比，我代表了"80"后早早辍学的那一类人，而我那个学员朋友代表了父母重视文化教育，家庭环境良好，学业优异，毕业于某 985 学校，曾去过多个国家游学的另外一类人。

通过我和她的成长故事，升华到我们两种层次的区别，同时我想传递正面积极思想："条条大路通罗马，有的人就生在罗马，但不妨碍我们热爱生活，同自己和解……"

这篇文章在各个平台反响不错，留言互动很多，让许多人产生了共鸣。或许真情实感就是最好的，文学的最高技巧是返璞归真。如果我只是记录我们一起吃火锅，吃了什么菜，只限于此的话，整体效果会逊色不少。受人欢迎的文章一定要有自己的思考，要有故事和观点。

炼字炼句，增强文学修养

一篇上等好文，必然情感丰富，情节紧凑合理，让读者意犹未尽。凝练的文字会让人不想错过文中的每一个细节，每句话都像是一串珠宝的组成元素，少一句就缺乏灵魂，多一句就显得冗杂。

在这方面作家阿城尤为出色，他的文字凝练简洁。阿城的《峡谷》中有一句是这样的：

> 骑手望望门，那门不算大，骑手似乎比门宽着许多，可拐着腿，左右一晃，竟进去了。

阿城的语言就是这样，短，但有力、有劲、有节奏。句短但意长，并不因为短小就失掉了内涵，反而可以营造一种更加生动的效果，他的文字真正做到了"大道至简"。

再比如阿城的《棋王》中：

> 说着就在床上坐下，弯过手臂，去挠后背，肋骨一根根动着。我拿出烟来请他抽。他很老练地敲出一支，舔了一头

儿，倒过来叼着。我先给他点了，自己也点上。他支起肩深吸进去，慢慢地吐出来，浑身荡一下，笑了，说："真不错。"

阿城的文字朴实无华，没什么形容词，也没一句废话。他擅于白描，用词精简，爱用动词。描景写物，叙事写人，寥寥几笔，就能将场景、气氛、形态勾勒清楚，甚至细微之处的心理和动作都刻画得极其到位，乍看没有一个深奥的词语，但每一句话都很有嚼头。仿佛文字背后有种看透世情，力透纸背的感觉。

那我们怎么才能让文字凝练，拥有一定的思想深度？这当然不是一蹴而就的结果，需要我们平时用功，有意识地进行培养，这是长期磨炼的结果。对此，我有几点建议可供参考：

1. 多读古典文学作品，最好有一些古诗词的知识储备

很多作家对古典诗句信手拈来，慢慢将其演变成自己诗意化的语言，落笔几句，让人回味无穷。中华上下五千年，流传的经典诗句都是文化浓缩的精华。

中国古典诗词常常以精练的文字传达出丰盛而大气的内涵和知识，每个字都经过精雕细琢。就算最浅显的句子，比如"春风又绿江南岸"中的"绿"字，让画面的大气、时间的流逝、春天万物兴荣的姿态都跃然纸上，只需要这一个字，就提升了整体的意境美。

古诗的韵律都很讲究，读起来朗朗上口，几句话就能交代好

一件事情、一种情感。不管是看还是读，都是一种享受，有一种潜移默化的影响力。

2.多体验生活，对同一件事物用不同面去理解

如果写作者都是从普通方向去思考，行文毫无特点，缺乏自己的主见与判断，就不能实现写作创新。这样写出来的内容也很容易让人有心理上的疲乏感。

只有在不同思维角度下，才能创造出特别的文字，其表达也会显得更加多元化。

写文章不是让你坐在屋子里拼命去想，读万卷书只是一方面，有机会要走出去，多看、多听、多闻、多思考。只读书，脑海里留下的都是别人的文章，无形中会不自觉拼凑别人的文句成为自己的表达，模仿痕迹很重，让写作缺乏灵魂。多行走和思考很重要。一个真正的写作者，一定要深入到生活中去，去体察生活，拥抱生活。

鲁迅曾说写文章要"去粉饰、少做作、勿卖弄"。刚开始写文的新手容易犯这样的错误，想来想去脑海里都是华丽的辞藻，恨不得语不惊人誓不休。这样的内容表面上看好像很美，但是读了一大串文字后没有一点值得回味，反而有一种腻的感觉，显得文章空洞没有力量，读后也难以留下什么深刻的印象。

这种文字如同是在凑字数，让人感觉曾在哪里读过类似文字，毫无特点，没有看下去的欲望。优秀的作家之所以有作品广泛流

传，他们的语言一定是富有特色的。某种程度上来说，写作是求异的过程，这样文学才会百花齐放。如果都是千篇一律，就丧失了文学的意义。

文章是一个整体，要前后呼应，并且符合逻辑，引人入胜。把一些无关的人与事牵扯进来，没有关联与因果，会让人很快倦怠，失去兴趣。也不要过度抒发情感，滥发议论。简单的事情就简单表达，以免让文章显得拖沓冗长。

我们在写文的时候适当穿插一些典故、格言，如果在不必要的情境下引用过多，表面会让人觉得作者阅历丰富，文章有理有据，但实则会破坏整体文字连贯性与语言美感，使文章缺乏创造性。适度就好。

写作在某种程度上是一种克制，只有下足功夫，才能达到我们的预期效果。

3. 让金句为文章增色

我们现在所看到的优秀文章，不但有观点，有信息量，还篇篇都有金句。所谓"金句"顾名思义就是让人心头一亮的好句子，像金子一样宝贵。金句读起来铿锵有力，朗朗上口，让人过目不忘，久久回味。虽短小精悍，一般不超过四句话，但它能直击人心，胜过千言万语。写文章时，恰当地运用一些金句，能让文章熠熠生辉。

所有优秀文章一定有让人念念不忘的金句。我们来欣赏下面的一些金句：

我们没有办法完全实践自己所写的。但我们尽力而为。

——加缪

人生最先衰老的不是容颜，而是那一份一往无前的勇气。

——摩西奶奶

有些鸟是注定不会被关在牢笼里的，它们的每一片羽毛都闪耀着自由的光辉。

——《肖申克的救赎》

这是最好的时代，这是最坏的时代，这是希望之春，这是失望之冬……人们正在直登天堂，人们正在直下地狱。

——狄更斯《双城记》

孩子，愿你慢慢长大，愿你有好运，如果没有，希望你在不幸中学会慈悲；愿你被很多人爱，如果没有，希望你在寂寞中学会宽容。

——刘瑜《愿你慢慢长大》

没有任何道路可以通向真诚，真诚本身就是道路。

——罗振宇

天空没有留下鸟的痕迹，但我已经飞过。

——泰戈尔

这些金句都有力量，有思想深度，让人看后拍手称快。如果一篇新媒体文章或一场演讲没有金句，就如同炒菜没有放盐一样，让人觉得寡淡无味，可见金句的重要性。

写作者把平常看到的金句，建个"金句库"收藏夹，多看多背，写文章时翻一翻，看看哪句话适合用在文章中。

当写作能力提高后，我们也可以试着仿写。写金句一般可以采用押韵、类比、对仗式等方法，这样读起来顺口，有力量和节奏感。

我们在写文章时，也可以在搜索引擎中加入关键的句式。比如，搜"不是……而是……""只有……才……"等，最后挑选出自己满意的金句引用。

看看以下常见的金句句式，前后有关联性，有的是押韵句式，读起来很顺畅响亮：

ABBA 句式

例如：普通的改变，将改变普通。

不是有希望了才坚持，而是坚持了才有希望。

岁月不饶人，我亦未曾饶过岁月。（木心）

ABBA 句式

你不理财，财不理你。

人类必须终结战争，否则战争就会终结人类。（肯尼迪）

当你凝视深渊时，深渊也在凝视你。（尼采）

ABBC 句式

一生二，二生三，三生万物。

要么出众，要么出局。

越努力，越幸运。

押韵句式

世间所有的内向，只是聊错了对象。

持续分享，黄金万两。

关于金句，越积累越丰富。方法很多，与人交流中，在电影中和书籍里去留意记录，在寻常生活里搜集，去做生活的有心人。然后恰当地运用在自己的文章里。初期模仿或改写金句，长此坚持训练，最终我们也能写出准确表达观点、启发心智、引人共鸣的原创金句。

其实，创作金句，也是对作者思想的一次凝结。文章中的金句，能最大限度地吸引他人的注意力，提升文章的格调。

4. 好文章离不开修改

古今中外，但凡优秀的文章必然离不开反复地修改。茅盾先生曾说过："成篇以后，要努力找出多余的字句来删掉。用四个字够了就莫用五个字。"鲁迅也说过："写完后至少看两遍，竭力将可有可无的字、句、段删去，毫不可惜。"

我们在写文章时，关注点在内容布局上，往往不能及时看出不妥之处，这便是所谓的"当局者迷"理论。但是看别人的文章，一眼就能看出错处。

我们可以与关系好的文友相互点评提意见，对方或许更容易看到我们所忽略的问题，由此，让自己的文章用词更加简洁精准。

每当写好一篇文章后，放上几天，读上三遍，从前往后读，再从后往前读，最好大声朗读，检查是否有漏字或多字的。而且在朗读的过程中调动了视觉和听觉，知道哪个语句拗口，不够流畅，便于修改和优化。

我们要学会摒弃一些多余的字词，如"的""了""得"，如"美丽极了""漂亮极了""好看极了"。这些字词用得多，读上去略显幼稚，如同小学生作文。在一篇文章中，同一个成语或词语最好不要用两次以上，会让人觉得作者词汇量匮乏。

在修改中我们可以反复推敲语言，进行润色。主题思想是否明确？是否有跑题现象？文章是否有逻辑性？条理是否清楚？段与段之间过渡是否自然？语句是否通顺？修改语法标点符号是否有错误？不要害怕麻烦，好的文章都是三分写七分改。

朱自清当年写处女作《别》时，写好初稿放在那里，每隔一段时间就取出来，几千字的小说，他从初秋改到深秋。这种严谨的态度伴随着他的整个写作历程。美国著名作家海明威的《老人与海》，累计修改200多遍，最后只留下原稿的1/10内容。

作家秦牧曾经说过，修改并不是消极的改错而已，实则它是又一次积极的创作，是去粗存精的过程。

优秀的文章都是来自于不断地修改完善，这是作者精进提升文笔的过程，也是打磨出好文章的必备方法，正所谓"文不厌改"。

5. 提高文章的外在"美观度"

文章的"美观度"，是指文章打开后让人一眼看上去的体验感。

现在是新媒体时代，人们都习惯在移动端阅读。不管你的文章发布在哪个平台，排版字体都要看着清爽舒服，不要让读者产生视觉疲劳。

快节奏的当下社会，每天面对忙碌的工作和生活，大家内心都很累，再去看密密麻麻的文字会有压抑之感。即便你文笔再好，内容再丰富，倘若不注重排版，读者根本没耐心看完。那你的文章就错失了被读完、被传播的机会。

通常微信公众号文章排版字体用 15 号字，行间距是 1.6 倍，两边要有留白空间，每隔四五行文字就要空格一行，再换个段落；每隔三四个段落配上一张图片，引用名人语录加上引号并加粗，内容中的金句也要加粗重点突出。上下小标题要留白，文章内容字体颜色不要超过两种，以免显得太花哨杂乱，我们要提升读者阅读快感，提高文章浏览率。

如果文章发布在其他自媒体平台，同样也要结合图文排版，默认字体，一篇文章根据内容长短配上 3~6 张与内容契合的图片，整体风格要统一，让读者看起来一目了然、清清爽爽。

我们在写文章的时候，少用长句，多用短句，简洁明了，尽量让语言凝练，让大众好读、好懂，提升视觉体验感。

本章小结：

关于提升文笔要多读经典、多思考，写文章要升华主题，引人共鸣。多琢磨推敲，学会"炼"字，研究名家经典文章段落。写好后的文章要放几天，再来阅读修改，文不厌改，要有耐心。学习仿写金句，为文章增色。新媒体时代，要提高文章的美观度，提升读者的视觉体验和文章读完率。

第5章

爆款文章的写作方法

很多人都想打造出爆款文章。爆款代表着流量和信心，以及稿费和传播率。

关于爆款文章的标题的几种格式、爆款文章的选题技巧、爆款文章的拆解分析，只要掌握方法，你也能写出高流量文章。

吸睛标题：好的标题会带来更多惊喜

标题是一篇文章的门面。标题决定文章的打开率，内容决定着文章的传播率。

如今是信息内容爆炸的年代，大众最不缺的就是内容，信息处于供大于求的状态。打开微信，每天都有生产内容的创作者，各种微信群里的文章链接让人目不暇接，何况全网呢？

你的文章凭什么能让人花时间打开阅读呢？首先是标题。标题吸引人就会提高文章的打开率，有了打开率才有阅读量啊！如果说文章的内容是金库，那标题就是打开金库的钥匙。所以标题是至关重要的一步。

新媒体专家刘晨认为，新媒体环境下标题越写越长，是一种"信息前置"现象，根本原因是信息爆炸导致注意力资源愈发稀缺。与其把信息都折叠进内容里等待用户打开，不如直接把信息展示在入口让人一看便知。

也就是说，让读者通过看标题来决定一篇文章要不要打开，以此减低用户的选择成本。这就是标题在传播中的作用。

1. 新媒体环境下的常见标题格式？

（1）疑问句

比如：

《我是如何实现从月薪2000到月薪6万＋？》

这个标题是一个疑问句，且有阿拉伯数字。这是最常见的一种标题格式。它的吸引力在于，第一人称很有真实感，同时提到赚钱，这是大众感兴趣的点，数字又特别容易抓人眼球。

同样一篇文章，不同的标题就会有不同的阅读量。我在1月份写了一篇标题为《2021年1月，我签约了4份书稿合同》的文章，不出意料，这篇文章在所有的平台阅读量都比取普通标题时要高3倍。因为我是在依托事实的基础上写的标题，并且还配了几份合同的部分图片。

这篇文章阅读量高是因为它吸引了文字爱好者以及关注我的读者的好奇。文字爱好者想看到出书的经过，他们想从中获得经验，而我的读者却想了解我某段时间的一些成长收获。

如果我的标题是《签约了书稿》，就不会有这么大的吸引力。"数字＋结果"很有诱惑力，同时签约4份合同本身就具备话题性，可以吸引别人的打开欲望，从而达到一个令人满意的效果。

（2）命令式

比如：《识别渣男，必须要了解这四个关键点……》

《想提高认知，必须要看这6本书》

《看看以下5个点，能让你的爱车性能如虎添翼》

《我今年看了 300 本书，强烈推荐其中这 5 本书》

这些命令式的标题就好像在提醒读者，若不看这篇文章就会是你的一大损失。人性都是害怕失去，大家至少想打开看看到底是怎么回事。标题通过数字的描述，显得客观又有说服力。每个标题都能击中人们的好奇点，让人不自觉地想要打开看看。

（3）反问句

比如：《你男神凭什么喜欢你》

《你凭什么穷得心安理得？》

《月薪 8000 如何在一线城市活得体面？》

《你男神凭什么喜欢你》这是当年入江之鲸发在公众号上的一篇爆款文章，当时上了微博热搜第二。她本人也因为这篇爆文被多家出版社邀请合作出书，拥有了强大的网络影响力，身价水涨船高。

摘录文章部分内容如下：

> 奉劝各位姑娘少看点思想有毒的偶像剧，你的男神不会看上蓬头垢面不知努力的人，你毕竟没付他报酬。真正的爱情很"势利"，当你真正值得被爱了，才会有人来爱你。

这些文字会击中很多爱幻想的小女孩，引发大家的转发。很多小女生都有自己的爱豆（偶像），喜欢做着灰姑娘遇见白马王子的梦，看到这篇文章多少会有醍醐灌顶的感觉吧！

爆款文章标题吸引人，内容又走心，这样才会有爆款数据，甚至成为标志性的热门事件。如果只是标题好，内容却空洞，肯定成不了爆款。

（4）反转式

比如：《她曾发誓终身不嫁，却为他儿女成双》

《他曾当了5年的保安，最后考上国内最高学府北京大学》

《她白天是50多岁的扫地僧，夜晚她是写了500万字的小说作者》

《今天七夕，我离婚了却很开心》

这几个标题格式都是前后反转，跨度很大，必然引起人们的好奇心。如《她白天是50多岁的扫地僧，夜晚她是写了500万字的小说作者》颠覆了人们的常识，平常大家都认为清洁工通常学历很低，是社会底层的工作者，大家看到这个标题就会特别惊讶，想打开看看主人公为何反差这么大。

七夕是中国的情人节，有美好的寓意，很多人特意选这个日子结婚。《今天七夕，我离婚了却很开心》这个标题写着主人公在七夕离婚了，用的是反转式；而且主人公"却很开心"，这更颠覆大众的认知，双重反转。如果内容写得又不错，这样的文章轻轻松松都能实现10万＋的阅读量。

（5）数字对比式

比如：《月入5000和月入5万的区别在哪里？》

《我今年25岁，靠自己投资了两套房》

《年收入 10 万与年收入 200 万的人，思维有什么差别？》

《我今年 25 岁，靠自己投资了两套房》，25 岁对于很多人还刚踏入职场不久，甚至还有不少人仍在啃老，这样的标题就很吸睛。但一定要基于真实的基础上，不能无中生有。

文章中的男孩大一就开始各种兼职，并获得学校好几种奖学金，大四又得到投资机构的帮助，不仅如此，他还擅于理财，按揭了两套房。

这种数字对比式标题提炼了文章的精华内容，让读者因好奇而阅读内容。文章又充满了故事性、真实性，让人称赞惊叹，想转发给更多的人。这就是爆款文章所要具备的基础条件。

（6）新知类

比如：《毁掉你的不是高房价，而是你自己》

《她今年大二，通过写作获得了 200 万的投资》

《她今年 70 岁，却和年轻人一起快乐地学写作，月更 5 万字》

我的学员群里曾有一位 70 岁的阿姨，她写文章不仅能做到日更，还分享图片，分享自己的美食舞蹈，真是激情满满，活力四射。

这对我来说就是一个很好的写作素材，获得她本人的授权，我用她的照片配上她在群里有正能量的对话截图写了一篇文章。月更 5 万字对于有写作基础的年轻人不算多，但对于一个 70 岁的老人，这是一种很好的反差，非常有吸睛效果，还有社会正能量。不出意外，《她今年 70 岁，却和年轻人一起快乐地学写作，月更 5 万字》这篇文章将在几个平台"小爆"了。

（7）新闻类

比如：《复旦大学女生去五星级酒店，醒来却发现……》

《国庆期间，上海外卖小哥为抢单疯狂飙车，然后……》

《难以想"象"的痛苦》

这几个标题属于新闻类标题。标题带有悬念，大众通常会喜欢看。不仅能让读者获得新闻知识和新奇故事，还能成为和别人聊天的谈资。

《难以想"象"的痛苦》的内容是作者在广场上看热闹的市民站在了一对大象母子雕塑的身上、鼻子上，只剩下一张面孔的大象在人们的踩踏下显得特别委屈，由此而写的。

这个标题曾被评为全国新闻类的十大优秀标题之一，"象"一语双关，非常巧妙，把常用词"想象"分开来使用。

有人评价这是新闻标题和文学相结合的最高技巧。《难以想"象"的痛苦》这个标题是个极好的例子，也委婉地表达了对市民的不文明行为的批判。

（8）群体式

比如：《生而为河南人，我很抱歉？》

《东北同胞，为什么咱们离婚率居全国最高？》

《北京，有 2000 万人假装在生活》

《生而为河南人，我很抱歉？》这篇文章，当时我在简书上看到点赞和留言达到 500 条以上，被全网多家媒体平台转发。这样的文章就是群体式的，作者以自己河南人的视角，写出这些年自己家乡的优秀精英，以及社会上很多人对河南的"地域黑"。内容写得非常翔实，有理有据，还有很多资料截图。

只要是河南人或者在河南待过一段时间的人，肯定想打开看一下。记得当时我看这篇文章时还哭了，虽然我并不是河南人。

作者在开头说："我今年20岁，作为一个河南人，我曾经很自卑焦虑，现在很自信坦然。"

她在第二段引用读书时的一段经历：

> 那是小学的一节思想品德课，老师在课上教导同学们："我们要对所有人充满善意，要帮助别人，不可以伤害别人，因为作为一个河南人，可能你的一句话甚至一个动作就会给整个河南抹黑。"接着老师又说："你们知不知道现在很多地方的公司招聘员工，都不要河南人，因为他们觉得河南人的素质低，河南人都是小偷和骗子……"

这段话让全班同学都沉默了，作者说那是她第一次知道社会上有一种现象叫"地域黑"……

《生而为河南人，我很抱歉？》这篇文章标题好在：河南是一个省名，标题中有一个明确的地名或地区，这类标题属于"群体式"标题；"我很抱歉"表达一种自嘲和无奈，引起很多人的共鸣，让人感觉文章内容写得非常真切。

作者截图引用了白岩松在一个视频里说过的话，其中有句"中国是什么样，河南就是什么样"。

这是引用名人的话为文章增强说服力，佐证自己的观点。

最后一段：

生而为河南人，我很坦然，我爱我的国家，我爱这片土地上的每一个人，希望你也一样。

这段结尾有力度，也是整篇文章的点睛之笔。不仅能看出作者小小年纪拥有的大格局和大胸怀，同时也升华了主题。

通篇内容能看出作者为写这篇长文章收集了很多的资料，仿佛是她积攒了 20 年来想说的话。读后让人久久不能释怀，甚至我想以后听到有人"地域黑"，我也要站出来怼回去。这种为群体发声的文章，只要内容写得丰满，流量都不错。

朋友圈曾经有篇刷屏的爆款文章，标题是《北京，有 2000 万人假装在生活》，作者是张五毛，当时很多微信群里面都在讨论这篇文章。这篇文章火爆的原因是作者说出了很多人的心声，营造了很强的代入感，内容击中了无数为生活颠沛流离的人的内心，每个人仿佛都感觉作者说的就是自己，所以大家纷纷转发来表达自己的情绪。

文章前面都是吐槽北京生活的压力之大，人口拥挤、交通成本高、工作繁忙，同在北京的同学一年也见不上两次，羡慕北京土著有 5 套房的气定神闲。后面画风一转：

> 北京对于新移民是站不住的远方，对于老北京人是回不去的故乡。
>
> 我们这些外来人一边吐槽北京，一边怀念故乡。事实上我们的故乡还回得去，它依旧存在，只是日益落败，我们已经无法适应而已。但对于老北京人而言，他们的故乡才是真的回不去了，他们的故乡正在以前所未有的速度发生物理上的改变。我们还能找到爷爷当年的房子，但多数北京人只能通过地球经纬度来寻找自己的故乡。

优秀的文章之所以优秀，就是因为它写出了很多人隐藏的情绪，作者说出了大家想说又没有说出口的东西，用文字代替我们说出来。这篇文章前面内容说到了北漂的心坎里，出租屋、地铁、格子间，披星戴月，足够引起人的共鸣。他后面笔锋一转，会让老北京人也感同身受，想转发，能不爆吗？

以上两篇标题带有区域名，作者似乎是站在某群体式高度来写作，文章内容丰富，文笔老练，结构紧凑，好标题加好内容才会引爆网络。

（9）"蹭"名人

比如：《她与张爱玲齐名，怀孕期与丈夫离婚，却活出了张爱玲妒忌的精彩》

《王小波：最丑的脸写最深的情话》

《读林徽因传记〈因为懂得，所以慈悲〉》

这种以名人姓名做标题的文章，就是"蹭"名人，俗话说"抱大腿"。毕竟大众都知道这些名人的姓名，而大家不一定知道一篇文章的作者。把名人的姓名写在标题上，是非常吸睛的行为，毕竟他们家喻户晓，自带流量。

如果写名人的人物稿或者写相关的书评和影评，一定要带上名人的姓名，这是一个直接引流量的方式。

（10）走心诗意型

比如：《短的是人生，长的是磨难》

《若不曾颠沛流离，哪知人间冷暖》

《我喜欢你，像风走了八百里不问归期》

《春风十里不如你》

这类走心的诗意式标题，适合写一些抒情美文，看起来感觉像某句歌词。以这种方式切入写一些动人的小故事，发在各大自媒体平台，也能获得不错的阅读量。

在自媒体时代，文章标题就是文章的灵魂，它是我们第一眼所触达的，最优秀的标题能够关照读者的切身利益，能够给读者提供新信息。以下是我最近收集的几个爆款文章标题，大家可以参照着练习取优秀标题，点燃读者点击欲望。

《当我27岁时我在想什么？》

《中国到底有多少人买不起iPhone12》

《这些小习惯坚持了三个月，然后……》

《不要轻易因为一个男生的文字就爱上它》

《为什么别人写作1个月，就可以阅读量过万？》

《那个曾经年级最差的学生，如今靠写作年入百万了》

我们平时可以在便签本中准备个"标题库"，看到不错的标题，就把它记录下来，日积月累，存上100个不同风格的优秀标题，多分析多模仿。等到下次自己文章写好之后，就打开"标题库"从中挑选合适的标题进行仿写，再也不会抓耳挠腮想不出好标题了。如此刻意训练半年后，你就知道如何给一篇文章起一个好的标题了。我们的文章标题要能吸引读者，要传达完整信息，引导读者阅读文章内容。

好选题：结合热门事件的选题更富有传播性

当《甄嬛传》《人民的名义》《三十而已》等电视剧播出时，很多作者借势成了爆文收割机。又如澳门赌王去世、某明星出轨或离婚时，整个互联网一时间沸沸扬扬，制造出好多篇 10 万 + 的爆文。速度快，角度新颖就能收割流量。

热点代表流量，代表注意力。只要你速度快，写得不太差，都能轻松获得不错的阅读量。

利用一个热点事件写上几篇文章，发布到今日头条、百家号、网易号、大鱼号、企鹅号等平台，就能赚上小万元的稿费。

把热点事件写好，篇幅又写得多的人，都是行动力极强的人。他们能及时去微博、知乎等平台关注别人的留言和大家讨论的观点，从中寻找写作灵感。

一个热点事件，有人从表面去写，有人从心理学角度写。如果是一部电视剧，他们又会从演员和不同的角色着手去写。寻找不同的切入点或不同的视角，同一个题材或热点事件能写出 5 篇以上的文章。热门影视剧出来时，主办方都会联合平台主办征文活动，为宣传该片，作者的流量费是平常的 3 倍，另外还有高额排名奖励。文章有热点加持，又能参加投稿，可谓一举多得。

电视剧《三十而已》热播时，我有几个学员每天下班后追剧，写作到凌晨。刷微博看别人的评论，找观点和角度。在电视剧热播期间，好几位伙伴的业余收入超过主业的 2 倍，她们说机会来了就辛苦点多写文章。因那段时间《三十而已》电视剧很火，大家都会把作品名字放在标题上，内容有独到的观点，配上几张剧情图片，基本上都写出了爆款文章。

《三十而已》深度剖析林有有：勾走许幻山的魂，她只用了一招

《三十而已》大结局：没必要去心疼顾佳，其实一切因果早有伏笔

心理学深度解析《三十而已》：钟晓芹和陈屿复婚后，真的能幸福吗？

《三十而已》：深度解析顾佳到底动了谁的奶酪才被逐出太太圈

这些都是我看到的优秀标题以及不错的高阅读量文章。虽然热点事件和热点影视不是常常都有，但是我们还是要在平常锻炼自己的基本功，找到大众情绪共鸣点，如果只会取标题，内容质量太差，也不是长久之计，标题和内容都非常重要。

10万＋爆款文章解析

写作刚满一年的时候，《人民网》的编辑主动找到我，让我授权一篇文章发布在《人民网》上。这对当时还是一名新作者的我，是非常大的鼓舞和激励，由于人民网下的"夜读"平台基数够大，当晚发布两小时后这篇文章便实现10万＋的阅读量。

1．我的爆款文章分析

这篇文章的素材来源是我在某公众号一篇文章的留言区看到的某位读者的留言：

> 不论你是谁，少说都有三分野心。没什么好遮掩，野心本身就是一种追求更好生活的意愿。但太过好胜，也是一种病态，把一切快乐都建立在输赢之上。要强的人生不争强。抗争和妥协，一样都不能少。生活就是这样，一半要争、一半要退。缺了哪一半，都难顺心。

我看到这段金句非常喜欢，当即复制收藏。第二天早上我就写了一篇标题为《只和别人学，只同自己比》的文章，结合当下写作圈的互相比较和社会上的攀比之风，比房子、比车子、比孩子学习、比穿着等等，来阐述自己的观点：表面上看大家生活水平都进步了，可每个人内心却越活越累，越来越焦虑。

我通过几个案例阐述主题，再插入收藏的那段金句，整篇文章比较符合新媒体爆款格式，更重要的是让每一个读到的人都觉得写到心坎里去了，有情绪共鸣点。所以这篇文章转发量非常高。

文中部分内容节选：

比来比去，最终比的是谁身体更健康点，这才是硬道理。

爱攀比、爱忌妒，在生活中无处不在。它能给人压力，也能给人动力，但如何把握那个度，就是我们要去修行的。

人生太短暂，少把焦点放在别人身上，多关照自己的灵魂，多注重自己的成长，只跟别人学，只同自己比。

多锻炼身体，早睡早起，保持好心态，开心工作，快乐生活，仅此而已。

这篇文章能爆的原因，首先标题就是哲理金句，读起来很顺口，一眼看到就能记住，其次文章内容里，我还用了《芈月传》里芈月和芈姝姐妹开始感情甚好，后因攀比心理扭曲，最终反目成仇的例子。爱攀比和嫉妒，让芈姝一步步走向万丈深渊。

那时这部电视剧刚播过不久，大家对这对姐妹印象很深刻，用她们的故事为我想表达的观点作铺垫，能加重读者对主题的认可。

许多妯娌间喜欢暗暗较劲，你买了银耳环，我得去买个银镯子，你买了新上衣，我去买条新裤子。是谁说过，女人和女人之间大多只有同情和嫉妒两种感情。

这些现象在农村老家都是很常见的事，人性都是爱攀比，这无可厚非。但是攀比要适度，要良性竞争，一半要争，一半要退。学会平衡的艺术，这就是我的文章传递的价值观。

好的标题、让人共鸣的观点、符合社会主流价值观的文章，每个读者看到那篇文章都会有所触动，很容易想到自己或身边的某个人。不少爆款文章也因为符合这几点才拥有了高阅读量。

2. 我的单篇稿费1300元＋的文章

我另一篇百万阅读量的文章《她无心发了一条微博引发世界关注安徽合肥，带来数亿价值……》，仅头条双标题阅读量就有40多万，单篇累计获得1300元以上的稿费。

这篇文章也是根据热点事件，事情来源是当时我们安徽有一个"90后"的护士王琪在抗疫期间微博＠马云，感谢支付宝赞助的小龙虾和奶茶，等疫情结束后请他来合肥吃火锅，没想到马云回复了邀约。

2020年6月6号，疫情已基本好转。马云、张国立、韩红、薇娅等人一起来到合肥，开启 66 人的大型火锅宴，线上连接全国其他的援鄂医务人员一起吃云火锅。安徽省委书记连线现场宣布全国所有援鄂人员可以免费游黄山、九华山等知名风景区。

火锅宴现场更是推出很多安徽的特产美食介绍，有网友留言说："安徽的这波操作真聪明，不仅几方多赢，还是件很有意义的事，利人利己利众生，宣传的无形价值能值数亿元。"我看到这句话，顿时来了灵感，把它作为文章标题。

这么多人同时来合肥吃火锅，为抗疫归来的医护人员庆祝，省领导出面送福利，经过网络自媒体平台、电视以及各大平台网站的传播和报道，广告价值本来就过亿了。我的标题并没有过分夸大，只是从网友留言的内容中，提炼出最吸引人的一句话。

我们在想文章标题时，可不能一味地追求引人注目，成为"标题党"。内容空洞，文不对题，文章就毫无意义。

用我的两篇爆文举例，前者不是热点娱乐，主要是标题和观点内容取胜。后者充分利用名人效应和热点事件，都为我带来很高的流量。只要用心拆解琢磨，爆款文章都是有迹可循的。

3. 爆文解析

《她无心发了一条微博引发世界关注安徽合肥，带来数亿价值……》这篇文章在我的公众号、百家号、微博等平台的阅读量都非常高，全网累计阅读破百万。

我在写作的时候，这场火锅宴都已经过去两天多了，却仍然获得了大的流量，可见"蹭"名人、"蹭"热点的重要性，以及选题角度的重要性。

我的文章标题用了地域名"安徽合肥"，以及数目"亿"，安徽网友或名人的粉丝都会好奇打开，一个标题就成功引起了无数人的注意力。

我在文章中配上关于现场的六张热闹场面的照片，文中还提到主播薇娅的带货能力，以及安徽的特产，希望更多人来我们安徽游玩。表达自己热爱家乡的情怀，顺势再推广下家乡。安徽读者会很有认同感，转发的老乡很多。

打造出爆款文章，一篇文章就相当于10篇文章以上的效果，它能让我们获得惊喜、自信心、流量、稿费，带来更多机会，让我们拥有价值感，同时又可扩大个人品牌影响力。

4.借势蹭流量

除了蹭热点借势营销之外，公众号爆款文的套路通常是"故事＋干货＋感情＋金句＋总结升华"。

公众号热门文章的格式大多用的是正反两个事例，比如自律的人如何出色，内容上用一些比较有成就的人的事例来证明文章的题目，同时举例不自律的人如何荒废时间，生活过得多么糟糕，这样通过正反面来论证主题，再是离不开有金句和总结升华。

我们去研究一些大号文章，基本都是这样的模式。如果作者笔力深厚，案例用得比较好，投稿大号大概率能实现 10 万＋的阅读量，若是发自己的自媒体平台数据也不会差。

在 2021 年 4 月份的娱乐八卦事件里，赵丽颖官宣离婚时，不少作者都写出类似"门不当户不对，家庭背景差距大，三观不一样的婚姻难以持久"的主题文章。但头条号有位作者却与众不同，他的标题是《"赵丽颖和冯绍峰离婚"揭露的婚姻真相：势均力敌，才更容易离婚》，这篇文章有 20 多万的阅读量。

作者认为，赵丽颖和冯绍峰两个人，一个是富一代，一个是富二代，谁也不愿意迁就谁，谁都不愿意放弃事业。他们在相遇的时候，势均力敌，彼此吸引，可到了婚姻里势均力敌是有短板的。当两个人都披甲上阵，谁来安定大后方？所以说两个优秀的人在一起反而容易离婚，双方认为分开后反而都能过得更好。

这篇文章后面有一段我非常喜欢：

很多人认为，能维系婚姻长治久安的是爱情。我也曾经这样认为。很多对婚姻抱有美好幻想的人，都曾经这样认为。

可是，唯有你真实地经历了婚姻，你才会失落地明白：一场婚姻想要长治久安，合作的意义，远远大于相爱的意义。俗世里的大多数夫妻，不是为了爱情在维持婚姻，而是为了"合作"在维持婚姻。

这位作者经常能写出 10 万＋的爆款，他总是能找到不同的角度落笔。其实不管写作者用什么点切入，抛出什么样的观点，只要你的文章内容要能撑得住自己的主题观点，也就是你能自圆其说，论据充足，让读者看后心服口服，就能引起读者自主转发。

最后总结一下，阅读量 10 万＋爆款文章的特点：

新媒体爆款文章的主题具有时效性、话题性、新闻性、争议性、共鸣性、情绪性等。常见选题如教养、三观、二胎、自律、养老、运动、房价、亲子教育、两性情感等。标题带数字、带对比反转、"蹭"名人或热点等，能激发大众的阅读兴趣；而且标题自带信息量，字数多在 12 字以上。新媒体作者想获得高流量，要及时抓住热点事件，拼手速，否则热点都凉了。

写作时要有自己独特的观点和见解，避免同质化；文章内容要有思想深度，不可流于低俗化。

结合以上提到的一些解析，大家多拆解一些爆款文章，研究 50 篇以上优质文章，从标题、选题、结构到内容，相信你也有机会写出阅读量 10 万 + 的爆文。

10 万 + 阅读量只是一个行业说法，热点不是天天有，业余写作者也难以做到一直去追热点。如果你写散文、观点文、书评或故事文，只要某篇文章阅读量是平常的 3 倍以上，都可以叫"小爆款"，属于自己的爆款。

我们用心地生活，时刻葆有好奇之心，留意身边和网络上的热点信息，学会将生活中或网络上的素材积累进大脑，用心去感受，去思考，勤于动笔练习，即便不写热点也会有很多素材可写。

本章小结：

爆款文章标题的几种格式，带数字加反转标题比较常见，标题字数通常在 12 个字以上。让信息前置，蹭热点，蹭名人，布局好结构，要有自己的独特观点。吸引人的标题加走心内容就可让你轻松实现 10 万 + 阅读量。

第 6 章

年入百万自媒体写作者的变现方式

写作是一种社交链接方式，也是我们成长的加速器。年入百万的自媒体人，都有流量思维和用户思维意识。

内容不算是稀缺资源，流量资源才是更昂贵的资产。学会把公域流量转化成私域流量，可以更好地实现变现。

粉丝经济时代，必须懂得用户思维

1. 用户思维意识

美国著名互联网专家凯文·凯利曾经说过："任何创作者有1000个铁杆粉丝，就足够养活自己。"真正理解了这句话的人，应该都有用户思维和流量思维的意识。

现在社会就是粉丝经济时代、流量经济时代，你拥有多少粉丝，决定了你的经济价值、市场价值，也就是你的个人商业身价。

所谓的用户思维，就是站在用户的角度来思考问题，如同一家公司的产品经理和销售人员，这些人都必须要有用户思维，了解产品的功能属性、产品的受众群体、市场上有哪些竞品及如何解决用户的疑惑和痛点。

没有用户思维的写作者，他写的文章就是"自嗨"，属于自娱自乐。拥有了用户思维，你就会思考这篇文章能让读者得到什么价值，你向读者传递什么价值观，要如何去打动他们的内心。

写作只是起步，是一个过程，它不是结果。我们要带着用户思维去写作，去创造价值，同时积累读者，最终得到自己想要的回报。

如果作者没有用户思维，就如同与人聊天时，自己一味地说得滔滔不绝，也不顾及别人对这个话题是否感兴趣，或许对方早已心不在焉，而你还在夸夸其谈。这类人是不懂得察言观色的人。

写作之前我们要明确阅读的对象，明确你的读者群体是哪一类人。如果你是写童话的作者，那么你的读者就是孩子；如果你是写校园青春文学的，那么你的读者大多是以在校的初中生、高中生、大学生为主；如果你是写职场干货类的，那么你的文章就要面向职场人士。

你平常就要研究对应的读者群体以及他们的生活状态，他们现在所流行的语言和表达方式。还要多阅读同类型的作品，学习别人的长处，找到值得借鉴的地方。

我们在写文章时，考虑读者喜欢读什么，他们为什么要看你这篇文章，能给读者带来什么价值。

2.积累流量思维

不懂得积累用户，不懂得流量经济，你以为自己具备万里挑一的才华？你认为自身文学水平高人一等？其实，95%的人文字水平相差不大，都能把语句写通顺。

那种天赋异禀的作者，其文字一看就让人惊艳。惊为天人的毕竟是少数，即便你就是那个天赋作者，如果不懂得迎合市场，不会网络运营，依然有可能会埋没在人海里。

这个世界上到处都是有才华的穷人，能把才华变成财富并不容易。

我认识很多同行的文友，他们在大学时代就开始积累 QQ 空间读者，空间对外开放， QQ 好友都是数千人。他们每天会更新 QQ 空间的动态，发说说并配图片，写空间日记，以此提高关注率，吸引越来越多的新人进入他的空间，成为他的读者。

他们用这些关注度给其他产品做广告宣传赚钱，有的人为自己招收代理，还有的人是为了卖自己的产品和书或为淘宝店引流，等等。文字具有催眠的作用，一个人关注久了会对这个作者产生很大的信任度，如同是生活中可信赖的朋友。

那些年，很多人的 QQ 空间是对外封闭的，根本没有积累流量的意识。哪怕是现在，仍然有很多人的微信都是设置成别人无法添加的模式，过度敏感。其实在这网络时代，信息越来越透明化反而安全系数人人提高，压根不用担心别人关注你，你就会损失什么。所有一切都封锁起来，不敢示人，不让别人关注，那才是你的损失啊！

还有一种人担心自己写的文字会被别人抄袭，但你只有把自己的文字通过多平台发布出去，吸引到注意力，作为一个市场的检验品，看看市场反应如何，通过阅读留言转发等数据对比看到优劣处，有读者喜欢、有卖点才会有更多的可能性。前提是你得对外公开，让人看见！

现在的出版商都找各个平台首页阅读量高的文章，再联系作者合作出书或改编影视。如果都私藏起来，你写的内容不对外发表，哪有合作机会呢？才华要让更多人看到！一定要公开写作！

那些在 QQ 空间积累的读者，做微信公众号时再导流到微信公众号，很快有了第一批"种子"用户。这些种子用户都是铁粉，免费为作者传播，为作者吸引各种各样的机会。如果公众号有两万以上的关注度，出书就是一件相对容易的事情。

我有个老朋友云烟，她当年就是因为 QQ 空间经营得好才吸引到出版公司的注意的。出版公司看她的空间浏览量不错，人气点击量达到 60 多万人次，于是，就有了她的第一本书。后来她又不断学习，与时俱进，如今已是圈内知名人士。她早期就是抓住了空间时代的红利，随着市场化的发展，平台会不断迭代，但底层逻辑是不变的。

懂得流量思维的人和不懂得流量思维的人，他们的发展方向会截然不同，各自的成长率和收益率也大不相同。这就是两种思维模式的差异。

每一个创作者的第一波种子用户非常宝贵，它是我们后期成长的重要基石，也就是会让我们实现从 0 到 1。

内容不是稀缺资源，注意力才是稀缺资源，谁获得了更多的注意力，谁就能拥有源源不断的财富和无限的可能性。值钱的不只是内容还有流量，在信息爆炸的年代，流量资源是更昂贵的资产。

私域流量是大势所趋，把握住红利区域

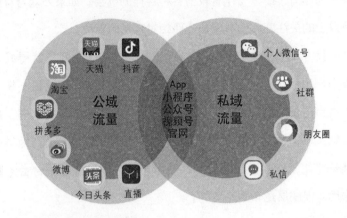

1. 什么是私域流量？

私域流量是"建一个属于自己的鱼塘，把鱼给囤起来，可以反复触达，不花广告费"。私域流量是指企业或者个人能自主运营，可以反复自由利用，无须付费又能随时直接接触客户的资源，它属于流量的私有资产。

微信生态领域里的小程序、社群、微信号、朋友圈、公众号、企业微信、视频号都属于私域流量。

当你拥有了强大的私域流量，就不用过分依赖某个平台，受平台束缚，因为每个平台的运营制度都在不断改变，你只是在为平台提供内容。比如你在头条号有 10 万粉丝，那都是你的吗？

不如说是平台的粉丝。只有把这些粉丝引流到微信号上来，才是你的私域流量，你才有掌控权，避免了平台的政策控制风险。

都说未来是私域流量之争，微信用户达 10 亿之多，但并不是所有人都会利用私域流量去赚钱。要积极拥抱私域流量，因为私域流量信任感强、粉丝稳固、高黏性交互，这样才更容易变现。

公域流量指的是今日头条、抖音、百家号、知乎、网易、微博、美团、拼多多、淘宝等，内容热度不稳定，粉丝转化率低，变现方式单一。如果想在这些平台获得流量，需要投入一些金钱，如淘宝的直通车、今日头条的信息流推广、拼多多的付费推广、抖音的 Dou+ 推广等等。

重视私域流量的企业或个人，会想尽一切办法把公域平台的流量吸引到个人流量池里。

腾讯微信自从 2014 年的春节红包活动普及全民，大众都已习惯用微信作为社交聊天工具，发红包、发表情包、在微信群各种互动等等，熟人深度链接互动性极强。去年又推出了个性化红包封面、群内成员专属红包等。

所有的社交平台中，微信是独一无二的存在。如果让全民手机只得留下一个 App，可能大部人都会选择留下微信，人们的日常生活已很难离开它。

通常情况下，拥有 1 万微信好友的人，肯定比拥有 1 万微博粉丝的人价值更高。一个人在微博上有 1 万粉丝，这些人是你的粉丝，也会是别人的粉丝。最重要的是微信支付系统很成熟，我们要从其他公域平台把流量往个人微信上导流进行深度链接成交。

微信的互动性和强黏性是其他社交平台所难以替代的。若你想通过写作变现，想通过写作打造个人品牌提高收入，或者你是创业者，你一定要重视私域流量，从现在开始有意识地去积累。早行动，早收获。

今年年初微信开始升级，从开始 5000 微信好友到现在可以容纳 1 万的微信好友，发朋友圈还能带相关的话题动态，如：# 齐帆齐商学院。

微信对于我们来说是一个超级通信网络，管理好自己的微信通讯录，建立好自己的黄金人脉圈，让微信变得有价值。如果你有高质量的 3 万微信好友，那么你每天就可以快捷地触达这些人，不用花钱，且拥有终生价值。

在这方面做得比较成功的企业有完美日记、阿芙精油、喜茶、良品铺子，他们有相对较成熟的私域部门，用一些运营方法和福利方案，在腾讯体系内独立获取流量。

对于公域流量平台，我们要创作内容深耕，私域流量平台要做好精细运营管理。

2．创业主获取私域流量方式

一家护肤品商家做活动，添加微信赠送一瓶护肤水；有一个蓝牙耳机的品牌商可以给每个新加的用户赠送一个月网易云音乐的 VIP 资格；一家水果店可以给添加店铺微信的用户免费赠送一份水果。

我所在的小区有家卖菜的店铺，这家店的店长也早早就懂得私域流量的重要性。客人添加这家店的微信号可以免费得到几个鸡蛋。这家店还有一个微信群，把附近几个小区的居民都加到微信上，建立一个社群。群里每天会有两种菜做促销，每天发小红包激活群内热度，偶尔分享附近区域新闻，而且群内下单送货上门。天气好坏也不影响这家店的生意。客户买上几次，有了信任基础，就习惯在他家买，反正在哪买都是买。

不管是自媒体人还是企业家，大家都重视私域流量。朋友圈有位林老师，她没有在哪个自媒体平台有很多粉丝，但她最大的优势就是有7个个人微信号。就凭着这么多个人微信号，她去年有了100多万的纯收入。她代理了几种文艺产品，做付费社群、顾问品牌课、给企业设计业务等等。她的7个微信号，等于她在网络上拥有了7家移动的店铺。

她这些个人微信号来源于7年的积累，包括QQ空间、微博、微信、朋友圈互推、各个群分享、线下会等等，日积月累，积少成多。她是我熟识的人中私域流量的最大受益者之一。

当然不是每一个人拥有多个微信号就能实现变现，平常需要维护，用心去经营，要有商业思维、发文案技巧及合适的产品承接等。我个人微信好友现在有2万多人，在私域成交这块做得比较不错，有些运营经验心得，也带了这方面的私教学员，都取得了不错的成绩。

增强私域流量的黏性，刷新自我认知

1. 备注、分组

从公域流量引流到的私域流量需要精细化管理，也就是标签化管理。记住一定要分组。比如：从简书找到我微信的，我会备注一下简友；从美篇来的我就备注"美篇读者"；从微博来的我就备注下"博友"；从某个群里分享认识我的，我会备注一下这个群的名字；老学员介绍给我的人，我也会做下记录。已付费学员和新读者我也会做一下备注，比如"28天二期××，年度写作学员××，品牌私教班××"等。简单做一个关键词的记录，自己能看明白就行。

假如你是一位个体创业者，你得备注不同的消费群体。比如客户年龄、所在几线城市，越细致越好，方便后续跟进，实现精准成交。

如果你现在是一位新作者，你的朋友圈通讯录也要做下分组备注，如网友、亲人、朋友、同事等。你发朋友圈文案时可以选择分组，对不喜欢文字的人做到无干扰，大家都舒心。

2. 私聊触达新读者

私聊读者，在私域流量经营得好的人都得有这个习惯。

对于新认识的微信好友会送给对方50本电子书，群发一条早已准备好的详细自我介绍资料，并邀请对方加入自己的交流群，进行信任的培育，加深好感和信任度。从陌生的弱关系发展成中关系，这样有机会成为自己的客户朋友，甚至是铁杆读者。

读者刚加我们微信时，正有热乎亲切劲，和他们简单私聊下，能稳固自己在对方心中的好感度。

关于个人自我介绍，要准备简短式和详细式长短不同的资料，配上个人形象照，在不同环境状态下，用不同的自我介绍信息模板。

3. 朋友圈多互动

朋友圈不能单纯地发广告，也要发一点生活内容，包括自己的思想观点、所见所闻所想，让别人感受到这是一个很有温度的人，而不是一个冷冰冰的营销号。每隔两三周，在朋友圈做刺激活动，如本条动态点赞的第 8、18、28 位，各可获得 18 元幸运星小红包，这样还能测试出自己朋友圈的人气如何。

发朋友圈的时候顺手给别人点个赞，对方可能会回看我们的朋友圈，产生信任链接，信任感就在不经意的互动中产生了。

不管你是个人还是企业家，我们都要有意识地重视私域流量，这是未来 5 到 10 年最有价值的资产。我在上个月的线下会听创业者米老师的分享，她说在医美行业用百度竞价推广，获得一位潜在客户需要 2000 元成本，奶粉行业是 690 元。这并不是指付费客户，只是潜在客户，有意向而已。而我们通过写作、视频或直播，获取私域流量的成本要低太多。

也许你会说，自己现在没有任何产品，不是自媒体大咖。但是大咖不也是从新人起步的吗？难道我们不能考虑得更长远一点吗？现在社会，你不是生产者就是消费者，每个人都可以是小老板，你迟早会用得上私域流量。相信此时，在你熟识的亲人朋友里就有迫切需要流量的人。

私域流量能降低营销成本，解决用户留存问题，提升用户的价值。网友与我们的信任需要用时间来培养，我们要提前积累私域流量，而不是临时抱佛脚。

持续输出，公域流量变私域流量

1. 植入自己的联系方式

在每个平台不管是写图文还是发视频或直播，要巧妙地植入自己的联系方式，并且要暗示别人联系你有哪些福利。如：围观我的高能朋友圈，送上某某精品电子书、加入免费写作兼职群、赠送一次免费咨询等等。

在每个写作平台简介上备注你的联系方式，比如微博和美篇平台就可以把个人微信号留在文章里和简介上。这两个平台对引流这块非常宽容，每天都有从这两个平台找到我个人微信的网友。他们就会成为我的潜在客户，或买我的书，或许会报我的课程，也可能给我介绍客户，再不济也是贡献了流量！

美篇平台在全网有上亿的用户，只要你文章写得好，被加入精选，阅读量都有 4 位数起。我有一篇文章达到 60 万阅读量，吸引到无数文友进入我的私域流量池。

市场上有的新媒体平台管控比较严，毕竟平台是希望你来为他们创作内容，而不是希望你带走流量。

我们要巧妙植入自己的联系方式，比如你把"微信"二字用其他字代替，如VX、威信。还有联系你之后能有哪些福利，比如"送99本电子书""领取价值1999元大礼包或者赠送投稿渠道""赠送福利课"等等，让用户好奇，想主动添加你的个人微信。

如果是连微信的谐音都无法出现的平台，那么你退而求其次，提醒读者关注你的公众号，这也是私域流量平台。在公众号后台提前设置好菜单"读者加我"，新人第一次关注会自动弹出个人微信号或二维码。

还可以设置提示对方回复相应关键词，就可以获得对应福利，比如"干货成长类精华文章合集""领取799元的福利课"等等。

我的公众号"齐帆齐微刊"就有这样的子菜单设置。通常愿意搜索公众号并持久关注的人，那么他就是你的深度用户，也就是铁杆读者朋友，一个铁杆读者顶得上100个泛泛读者。

小红书平台不能留微信号，只能留邮箱，否则平台会采取降低权重、限流、自动屏蔽你的微信号等措施。要尊重平台规则，千万不要踩红线，影响账号权重。

在直播平台的直播过程中，主播也不可以直接说微信号，但你可以把个人微信号写在大纸牌上举起来让观众看到(温馨提醒：你的微信号一定要好记)，让别人扫两眼，就能记得住。主动搜索添加的好友，比直接扫二维码添加的读者质量会更高。

还有一种是通过朋友推荐加你的微信好友，这样的群体质量也会不错，证明他已经在朋友那里对你有所了解，有了基本信任，减少了培育期。

有一本书讲到强关系、弱关系、中关系，这种通过朋友的介绍而来的就属于中关系，而我们成交的客户基本都是弱关系和中关系。

在我们的生命里，给我们带来人生改变的往往就是中关系或者弱关系；强关系是指我们生活中的至亲好友，强关系能给人带来安全感；中关系和弱关系能给人带来发展空间或扭转命运的可能性。

小李在我的微信通讯录里三四年，前不久，她突然主动联系我，给我介绍了几个大客户，让我写人物传记、推广产品文案等，月收入提高数万元。小李就属于我的中关系。

我们从公域流量粉丝引流到个人微信，都是从弱关系逐渐成为中关系。这样的中关系越多，我们的变现能力就愈强。

2.朋友圈互推

朋友圈互推是一种更精准、更便捷的扩大私域流量的方式，多找同类型的微信好友互推。从 2018 年开始，我一直在做这个事情，每年会找几十个人互相推广一下朋友圈。

如果对方的朋友圈有 3000 人，那么我也用一个 3000 人左右的微信号，和他互推文案，各自写好文字配上照片，比如书籍图片等，总之是你想展示的亮点。这样彼此互推，每次能加上一二百个微信好友。

这两年微信朋友圈的点开率呈下降趋势，推广效果比过去差太多，但还是值得去尝试，毕竟只靠写文章来吸引潜在用户的速度非常慢。如果用几十字文案同 10 个人进行朋友圈互推，可能相当于你 3 个月写文章带来的效果，这是精准且高效提高私域流量的最好方式之一。

3. 在微信群分享

当我们写作一段时间后，若在某个方面小有成就，可以主动去联系一些知识博主，表示愿意给他们粉丝做免费分享课（直播间或社群）。只要你说话做事靠谱得体，没人会拒绝这份诚意，毕竟你不收他们的费用。

如果你想以写作为未来主打方向，那么你就分享写作方面的知识，也可以分享关于读书、成长、心理学、减肥瘦身、时间管理等内容。如果你在一个四五百人的微信群里做了一次分享，你至少能引流 30 个人来添加你的微信号。

这种方式也是积累私域流量的一个很好的途径，我们要多平台、多渠道地尝试，增强自身的"出圈"能力。

我昨天受邀在老朋友的创想直播间做分享，在分享之前我就和她的小助理说："我讲课结束后，写复盘总结最快的前 5 位伙伴可获得我的幸运星红包，写得最好的会评 3 位，赠送我的签名书籍。"

表面上看，我准备课程和上课的时间至少有两个小时以上，又提供了福利，对我来说，是不是不划算？但我调动了社群伙伴们的积极性，社群主办人会开心；群里又有几十个人主动添加我的微信，让我获得了精准流量；还有 3 位报名了我的写作训练营，他们所写的复盘总结又会滚动传播，让更多的人看到我。这是三方都受益的事。

有句话说："天之道，有所得，必有所失。"有舍才有得，多分享、常利他，利他就是最好的利己。

以我自身举例，希望让看到此书的你，能有所启发。

4.通过书籍引流到私域流量

我们平常买书时，稍微留意一下会看到，有的书籍的作者介绍后面有个二维码，那就是很好的引流方式。好几位大咖作者，他们的书籍每一章中间都放有作者的公众号二维码，存在感十足。扫码有福利可获得，如回复哪些关键词领取价值多少元的礼包，领取干货资料、书籍内容 PPT 等，还能链接到作者本人，何乐而不为。其实这都是作者的有意安排。大家都意识到了私域流量的重要性，让引流无处不在。

私域流量变现，引爆财富增长点

1. 变现之道

我有 4 个微信号，一共拥有 2 万 + 的微信好友，并且在持续增长中。这 4 个微信号就是我的 4 个移动商铺，我每天发布动态就是面向 2 万多的用户群体。

现实生活中，一个商铺又能面向多少群体呢？我前面讲到有的同行朋友很早就开始在 QQ 空间积累流量，然后引流到公众号、个人微信，紧跟时代趋势，他们都有前瞻性的眼光！他们对网络很敏感，商业意识觉醒得早。

我们现在才意识到、才开始行动的事情，别人早在 15 年前就看明白了，这就是人和人之间的差距！私域流量是越早积累收益越大，形成滚雪球效应。

一个人有 5 个微信号并会运营的人，他们大概率能获得很不错的收益。我属于走得比较稳、文艺心很重、商业思维不强的人，网络上有很多微信好友人数与我差不多的人，他们的收入能力是我的两倍以上。他们放得开，头脑更灵活，成交能力超强。

自媒体大咖龚文祥老师，他有 54 个个人微信号，他自己负责运营 4 个微信号，其他则是助理复制他的大号朋友圈内容。他就是靠这 54 个个人微信号，年收入在 5000 万元左右。

他公司的员工从来不会超过 5 个人，这就是移动互联网下的轻资产模式，是实体重资产所无法比拟的。深信这种模式在未来会越来越多。现在绝大多数的工作有网络就可以完成，我的几个助理在线上就可以帮我做海报、排版、运营管理社群等。

龚老师在各个线下大会上做分享，都不忘在 PPT 末尾加上自己的个人微信二维码。不论是做直播还是做视频，他在抖音、微博等各个平台都会想方设法往自己的公众号或微信号引流。

为何他能拥有这么多个人微信好友呢？那是因为他做自媒体有 11 年了，最初他是从微博上开始导流，他微博有数百万粉丝，总会有人对他朋友圈感兴趣，想要更深入的链接，就会加他的微信号。有人是想学习他的运营方法，有的就是想靠近这个人。

微信好友多的人，靠给别人的视频号点赞都能变现，用微信给某个视频号的视频内容点一个赞等于是转发。你微信好友都会看到你点赞，这就能带来滚雪球效应。如果有 500 个赞，相当于有 500 个人转发了，平均一个人带来 500 的流量，那就是 25 万流量，曝光率大大提高。

（1）朋友圈商业合作

自 2018 年年初，我的朋友圈接到很多广告。有家里做水果生意的学员，让我帮忙发一下水果图片和她的微信二维码，她付给我 400 元，另外送箱水果；有的网友家里做电商，有尾货处理，找我帮忙推销一下，我当时发了两个微信号，当天晚上收入1000 元；还有做抖音培训课程的找我帮忙发布推广；做摄影的请我推广招募信息；等等。我帮那位摄影朋友发送了招募文到朋友圈，有 4 个人前来报名，摄影朋友给了我 2000 元。

如果有的新人想找我互推，但是他微信好友只有 100 人，而我这边的微信号最少人数就有 4000 人，在这种情况下即便我不说什么，对方也会主动给我发个红包或者用其他方式表达感谢。

有的学员从某自媒体平台认识我，他花钱报我的课程，其实并不是为了课程内容，而是希望我用各个平台和朋友圈为他做一下人物推广，为他的产品或者书籍做一些介绍。这种就等于花钱买流量，同时增加了和我的互动性，拉近了彼此的关系。

不知道看到我介绍的这些真实案例，大家是否明白，哪里有流量，哪里就有交易，哪里就能变现。这诠释了什么叫作"注意力经济"。

路边的广告、小区里的电梯广告、电视上的广告都收费昂贵。从来没有哪个时代，像今天这样让我们可以零成本地扩大自己的影响力，拥有关注度。这是一个人人可以发声、人人皆为品牌的时代，这是一个个体能迅速崛起的时代。

（2）分销产品获得佣金

我给某摄影朋友转发做分销，我就成了她的业务员。她虽分出去一半收益，但她获得了我的高质量客户，在我几个朋友圈拥有了曝光度。通过我的朋友圈看到她照片的人，就都认识她，这种隐形价值更高。

我只是按要求转发到朋友圈，对方准备好文案和图片，我不用操心就能得到一半收入，这是合作共赢，实现流量的价值最大化。

我曾给一位做声音课的朋友做推广，过程很简单，就是在朋友圈转发她的课程海报，当时总价是 69 元，她设置了分销自动到账，利润对半分模式，当天获得了 4 位数的收益，完全是躺赚。这就是互联网的威力、私域流量的威力。

那位朋友还非常感激我，还特意给我寄来他们当地的特产，彼此都觉得开心，我们的行业也不会冲突，何乐而不为呢？

在未来的社会里，人人都是销售员，人人都是客户，我们不是被别人"消费"，那就是在"消费"别人。

2．接写人物专访、商业品牌故事

当我们有了不错的私域流量后，比如说微信好友人数达到 1 万或者 2 万，这些人通过阅读我们的文章或是朋友圈，他们就明白我们是做什么的，这就解决了基础信任问题。

（1）接写稿推广合作

我的微友知道我写作，带领学员，是个人品牌顾问，可以承接写人物专访、商业品牌故事，拥有自媒体矩阵定制话题渠道，可以让数百人一起给产品做推广，实现精准曝光宣传。之前我接到某市品牌的推广以及另一个人物的软文写作，仅这两项合作能顶我 6 年前一年的收入。

当我们有强大的私域流量后，就不需要渠道商，可直接与终端客户对接，也不用销售员跑业务。这么多私域流量中总会有有需求的伙伴，或者他身边有。传统的生意需要渠道商，需要有线下见面应酬之类，而我们写作者，别人通过我们的文字就已经产生了解，合作起来非常顺利。

（2）用私域成交故事

我的朋友依米做的是服装生意，她在 2016 年通过两个微信号做到年销售额过千万元。

她当时和闺蜜开了家淘宝店，那时候淘宝已经在走下坡路，没有什么流量可以给到个人店铺，她就利用自己会写软文的优势，从豆瓣、微博、贴吧等平台，吸引对服装感兴趣的人群，同时引流到自己的微信号，还把之前淘宝上的老客户全部加到微信号，再进行社群的培育和朋友圈的经营。

她每周都会在社群做一次团购活动，比如"1 元抢购 T 恤福利"，用部分库存服装做引流产品，通过这个裂变又有了很多新的流量。当她有 1 万多微信好友时，从中筛选出自己的产品粉丝群体和 100 个代理商，销售额最高峰达到月入 300 万元。

写作只是一种链接的工具，它并不是我们最终的结果。放眼望去，没有多少作者是单纯靠文字本身获得满意的收益的，而是利用写文字的特长为自己打开了新的局面，链接了资源和机会。

依米 13 岁时就在网络上写文章赚钱，她会写文字的优势给她带来了很多人脉，其见识和眼界远超同龄人。她的每一份事业都离不开网友的牵线搭桥，她本人的互联网思维比同龄人要先进多年。

她自从用私域流量直接和客户链接后，售后率低于 5%，而她以前做淘宝时售后率达 15% 左右。做私域后利润大大增加，而相对于淘宝的获客成本，她用软文吸引客户的成本几乎为零。

这就是经营私域流量的巨大威力，不管你是实体创业者，还是普通写作者，抑或是想发展副业，这些思维理念都可供你参考和借鉴。

依米把这几年经营私域流量的经验整理成电子书和付费产品，承接私域流量咨询操盘，这又是一笔可观的副业收入。她说，自从 13 岁起，她人生中所有赚的钱都是来自于互联网。

我认识的所有牛人中，至少有七成以上的人在早期都以写作为支点，因而撬动了更大的价值杠杆，实现了个人命运的跃迁。

Tips：总结私域流量的几种变现方式

公域流量是在平台的规则之中求生存，私域就是"我的地盘，我做主"。微信是移动互联网阶段最高维的"生物"，其商业化到最后是水到渠成的结果。

• 用微信朋友圈承接商业合作，写稿或推广。

• 为别人的视频号点赞。

- 给别人分销课程或其他产品，赚取佣金。

- 销售自己的产品，是获取利润最高的方式。

- 用私域流量低成本创业。

在这里补充一下，在线教育的边际成本非常低，1 个人和 100 个人，付出的时间成本是一样的，所以课程开发者都舍得分成给别人，通常分销的比例是 5∶5。

如果看到本章节的你，能真正懂我在上文中所说的内容，并认真去实践，不用多久，你也能获得被动收益，甚至几年后有希望实现财务自由。

本章小结：

本章介绍了年入百万的自媒体人的几种变现方式。首先要懂得粉丝经济和流量思维的背后逻辑，学会把平台的公域流量转化成私域流量，并做好运营和维护。

最大限度地用各种方式积累私域流量，从而实现收益倍增。

第7章

引爆个人 IP

写作只是起点，不是终点。通过写作，通过自媒体平台的运营传播，打造出个人品牌，让普通人从 0 到 1，开启变现之路。传播能力是重要的价值杠杆，无传播无价值，影响力即是生产力，影响力即是变现力。

掌握传播途径，让平台为自己赋能

坐高铁，1 小时能到 300 公里之外的地方；乘飞机，1 小时能去 1000 公里之外的地方。人还是那个人，在不一样的平台，同样的时间却会有不同的结果。

一个人的努力很重要，但是在浩浩荡荡的时代潮流面前就显得很渺小，就像你在一条奔流的大河中拼命地游泳，你的努力挣扎对你最终的去向来说影响很小。

写作是一种最好的社交链接方式，但是在互联网上会写作的人多如牛毛，最终崭露头角的作者寥寥无几，这是为什么呢？

我们要明白传播能力是一种价值杠杆，传播力弱的人，即便他的写作能力很强，综合能力还是难以得到提升。会写只是第一步，最重要的是要懂得传播与运营。无传播无价值，影响力即生产力。

1. 掌握这些新媒体时代传播途径，就能事半功倍

每个平台都是自有流量池，常见的平台如微博、今日头条、百家号、美篇、简书、知乎、豆瓣、微信公众号、网易云等。

（1）微博

微博是目前国内较大的内容平台，每当新闻热点出来，微博总能捷足先登，消息铺天盖地。

我们可以巧妙地利用微博热点，比如出现一个社会新闻或者娱乐新闻，发表相关的情感文章时可以链接带上该话题。

前段时间，江苏某公司把员工证件扔到地上，我们学员群里有人就这个话题热点写出一篇关于职场管理人员素质的文章，带来了 10 万＋的阅读量。热点本身自带流量，抢占热点就要保证速度，思维够快，行动力够强，你写的文章主题要和这个热点有关联性，而不要八竿子打不着。

如果连续多个话题被推上热门首页，可能会得到微博官方的注意，成为微博官方的重点推荐。每个平台都需要具有持久输出能力的作者，你每天发布数条内容，质量还不错，坚持数月，平台看到你有态度和写作热情，且愿意在平台深耕，平台可能会先把资源给你。

如果你有幸得到平台负责人的青睐，你很快就能从微博的 1 万粉丝升到 20 万粉丝，逐渐成为这个平台的腰部作者（中部作者）。

微博做转发抽奖活动也是出圈的好办法，活动奖品可以自行在朋友圈和微博征集，让其他人免费提供，你在活动中公布出奖品来源的相关介绍，这就是资源价值的交换。

还有一种交换资源的办法是持续地输出优质内容吸引同领域

的大 V 或大咖，可以 @ 这位大咖或者提供给他一些福利，让他为你转发。一次转发活动可能为自己增加数百上千个粉丝，这些都是为自己赋能的好机会。

（2）知乎

知乎目前是国内比较大，内容质量又较高的自媒体平台，每天有 2000 万活跃用户。它是一个问答社区，上面有高质量、专业性很强的答题内容。

如何很好地利用知乎呢？关注热门榜上的问题，选择自己擅长的领域，进行深度回答。你的回答必须要用心，内容要有逻辑、有深度、有广度，还要有信息量和知识密度，让每个读者从你的回答中学到知识，感受到你的专业和用心。

知乎热门榜上的问题都有很大的热度，有的问题甚至有数千万用户关注。在问答末尾的简介处，一定要备注好自己的详细信息，最好能吸引到别人关注你的账号和公众号。这就是前面所提到的把公域流量引流到私域流量上，提高自己的成交率和影响力。

知乎对我们来说是引流方式中成本较低，不需要你积累粉丝，也不需要投广告，只要认真回答问题。答题要有自己的观点和知识量，这些可以学习锻炼。一篇优秀的答题内容能给你持续带来流量，哪怕时隔两年，它仍具有复利效果，为你带来曝光率。

知乎可以精准引流，比在百度获得流量竞争力小。你在知乎的粉丝都是与你兴趣相当，还是用户消费力不错的人群，如果他对你的答题内容感兴趣就会主动关注你，甚至会找到你的个人微信号，这样粉丝的黏性会很高。最高级的引流方式始终是靠优质内容的输出吸引精准粉丝。

（3）简书

简书是一个比较文艺性的小众平台，口号是"创作你的创作"。这个平台的编辑器非常好用，简洁方便，"傻瓜式"操作，随时可修改，能看到文章字数。简书不仅可以作为一个发文的平台，也可以作为一个私密性笔记本。这个平台非常适合新手作者，互动性很强，在这里可以结识许多志同道合的朋友。平台虽然小众，但它也有不少用户，每个用户既是作者也是读者。文友间的交流互动分享，整体氛围还不错。

今年年初，简书邀请几位老作者合作开课，我们返还简书币，平台给予相应的资源进行宣传。这对我来说是一种让平台为自己赋能的机会。虽然平台没有了以前那样高的流量，无法带来明显的物质收益，但毕竟是对老师个人品牌的一种展示，曝光度也是一种无形价值。

当我们懂得传播的重要性后，有精力时间的情况下，必须要重视每一个好平台。所谓"鸡蛋不要放在同一个篮子里"，可选择有的平台周更，有的平台一周三更，选择适合自己的作为重点运营平台，其他为辅。

（4）小打卡

小打卡是各大知识训练营学员作业打卡的平台，有很多老师与该平台合作，平台会扣取老师收益的**30%**。小打卡平台会用微信公众号为老师做采访宣传。

若是处于新人阶段，个人力量还不够强的时候，要学会利用平台为自己赋能。每个人都有自己的一技之长，不一定都当写作老师，哪怕任何不起眼的细分领域都可以开发成一种课程，如插画师、心理咨询师、情感抚慰师、高考提分指导教师、PPT 或 PS 老师等。我的文友中还有做教人如何大笑、起名字、提升能量等方面的课程。你可以琢磨自己的擅长点有哪些，再去找平台合作推广，增加传播率，让自己获得精准流量。

（5）知识星球

知识星球和小打卡相似，也与知识付费相关，用户可以发布自己的文章，分享自己的观点见解。若是做成付费产品合作推广，平台会扣取 **20%** 的费用。著名自媒体人亦仁就是利用知识星球平台顺速崛起。每个平台总能成就一批人，但是要看我们如何用好它，实现共赢。

（6）荔枝微课

荔枝微课是市场上较大的知识付费平台，它有自己的公众号，流量还不错。如果和荔枝微课首页合作，会用公众号去宣传，平台会扣除八成的收入。但最值钱的还是流量，相当于平台宣传了你的个人品牌。

2018 年，我曾与荔枝平台合作过一次，平台推广我的内容到左侧的专栏位，分成比例是 6：4。宣传页里可放个人微信联系方式，这样就借用了微课平台为自己引流铁杆粉丝。

每个人都有他的优势，不要觉得自己刚刚写作就没有底气，你可以把自己某个点录制一个课程，从免费公益课开始做，再到9.9元、19.9元，不断叠加增长。教是最好的学，教学相长！有时敢比会更重要，当作梳理自己的知识体系就好。

（7）喜马拉雅

喜马拉雅是一个大型的有声平台，是个共有流量池。我们可以朗诵阅读文章，让自己的声音作品被更多人听到，还可以上传自己的录音课程，设置免费课程或者一半付费。这样做的最终目的就是充分利用平台资源，让自己拥有更多的影响力和收益。

可以把这些流量引导到个人微信上，进行高阶课的成交。时刻记住，流量即是财富！

我们只需要核算投入产出比，没有亏本都是能合作的，选择有流量的人或平台进行合作。

不要只看课程收益，主要看隐形价值，也就是传播带来的流量。即便当时没有转化，每个人都是你的潜在客户，为你贡献了流量。市场上有同行朋友估算一个高质量粉丝价值20元以上，倘若一次合作带来200个新用户，就是4000元的市场价值。

（8）今日头条

字节跳动公司旗下的今日头条平台，这几年增长迅速，它的用户约有6亿左右，头条平台满足了不同人的需求。前面已介绍过关于今日头条的推广引流方式。

你发布的头条文章，标题下面，还有末尾都要写上你的名字，这就是个人笔名的曝光与传播。文章末尾要有自己的详细介绍，突出最吸引人的信息，读者看到后，对你就会有大致的了解。

如果你的某一篇文章被平台推荐"爆"了，你不仅得到了平台的流量费，还有账号粉丝的上涨以及无形的传播价值。

2018 年之前，在今日头条可以直接放自己的个人联系方式，后来平台管控得越来越严，即便在评论里都不可以了，会被平台自动删除。如果读者想与作者联系，需要点进作者首页后点击"私信"沟通，或者是从简介上的微信公众号找到作者个人联系方式。

头条上也能做抽奖赠书等活动，让转发关注并 @ 自己的头条 ID 参与抽奖，这也是让自己涨粉、提升影响力的一种好方式。如果你在平台上的发展小有成绩，可以做一个免费的福利分享课，让网友转发关注并私信进群，这都是积累自己影响力的行为。

（9）微信公众号

微信公众号是储粉的重要平台，你发布的文章末尾可以放微信号，如果连其他共域平台简介上都不能放微信号，至少能写上自己的公众号名称。

我们在微信公众号后台的"自定义菜单"里，设置"加我微信"，链接到自己的个人微信号。设置"加我可以领取电子书""围观高能朋友圈"等子菜单，经过几层筛选，添加你的个人微信号的读者，就是高度认可你的人。

我的微信公众号"齐帆齐微刊"虽然小，只是自己生活的记录和写作经验的分享，接一篇软文推广是500元起。

公众号是向世界展示自己的名片，可呈现你丰富立体的一面。我常和学员说，公众号是自己的旗舰店，有自己的Logo，我们要从人潮涌动的市场上，把同频人往公众号引流，这样才有合作和成交的机会。

看到这里，相信每个人都想让平台为自己赋能，但首先你得经营这些平台，并持续地发文，提高自己的展示率，还要保证文章内容质量，让更多的网友同你产生链接。如果你能和某个平台的运营负责人对接，保证自己月更几篇文章，或者帮平台做征文活动评委等，只要你能得到流量扶持和影响力的提升，都值得去做。

简书的创始人直接在微信上和我沟通合作，我在他的会员群里，很多简友对我有一定的熟悉度，我从不做对平台不利的事，不写负能量的文章，从而拥有了这样的机缘。

同行朋友焱公子，他是2019年今日头条里头条职场文评委之一。虽然他付出了很多时间精力，但这一切都提升了他在自媒体行业的知名度，平台也有流量扶持，他的头条账号快速做到50万粉的大号，个人身价也因此飙升。

任何一个创作者想要成长得更快，都离不开平台的加持、个人的努力、创作内容的水平、为人处事的能力，以及主动发现机遇和抓住机遇的魄力。薇娅抓住了淘宝直播的流量风口，平台给他们 1 亿的流量支持。李子柒、papi 酱等人也抓住了视频的风口。还有在微信公众号红利期抓住机遇的那拨人，都快速实现了人生跃迁，至少让人生少奋斗 10 年以上。

影响力即生产力，影响力即变现力。不仅要写出好内容，还要选择适合自己的平台，抓住每一个让自己曝光的机会。

全方位布局，打造个人影响力品牌

当你拥有了个人 IP，你就拥有了无限可能。罗振宇说："不管在职场还是社会，最重要的资产就是影响力，而打造个人影响力的最好方式是写作和演讲。"

当今社会，普通人想要创业的话，若是从事重资产行业很难取得成功，比如你想加盟某一家品牌咖啡店，或者想开一所幼儿园，这些都需要相应的实力投资。

最近几年有很多"80 后""90 后"的普通人靠自媒体写作实现人生大跃迁，如各平台的红人、自媒体达人，这些都是轻资产行业。

作为普通人，通过网络轻资产创业是改变命运的最好方式，尤其是打造个人品牌，可以给你带来很多意想不到的机会。个人品牌就是一种价值资产。

如果你靠出卖体力和时间赚钱，这种单一的赚钱模式实在有限，没有什么含金量，因为人人都可以替代你的工作。而且产生的价值较低，随时有被淘汰的风险。

只靠一个人一双手赚钱的时代早就过去了，在网络时代，你懂得"借力"，成长会更快。最简单、成本最低的方式就是想办法借平台的势，找到适合内容定位的平台，研究平台的推荐机制和受众群体，利用平台为自己赋能。

在移动互联网普及的时代，打造个人品牌是个人升值的最好渠道。当你成功打造个人品牌，坐拥十几万甚至上千万粉丝的时候，一定会有高端资源和人脉找上门来，而那些没有互联网思维的人呢？他们只能按照传统的商业流程，做推广时也是传统的买流量方式，一点点地去推。这些单一化模式越来越没有竞争力。

你也许会说你是小白，不可能一下子拥有 10 万粉丝，但你别灰心，大咖也是从小白做起的。

既然个人品牌如此重要，那么我们要先了解什么是个人品牌，以及如何通过写作打造个人品牌？

1. 什么是个人品牌

个人品牌是你的个人商标，代表你的竞争力，也就是你的价值。当别人提起你时就想到你是什么样的人，有哪些标签或特点。你对别人介绍自己时，别人对你的信任度如何，有多少人在关注你、信赖你，这就是你的个人品牌。

个人品牌反映的是你在他人脑海里留下的印象，包括能力、修养、美誉度等。如同我们买洗发水就会想起"去屑就买海飞丝"，买饮料就会想起"怕上火就喝王老吉"，买家具就会想到"宜家"。

Tips：个人品牌

•你在某一领域有自己的核心技能。

•你植入在大众心中的模样。

•多平台占位打造影响力。

•具备长久的传播能力。

2. 如何通过写作来打造个人品牌

（1）名字

首先，我们要想好自己对外展示的名字是什么（也就是笔名或者 ID 名）。名字要和别人有差别，有自己的特色，听起来顺耳，看起来顺眼，读起来响亮好记。

最好还能让人过目不忘，在搜索引擎上查一下这个名字有没有人注册过。比如我的笔名叫"齐帆齐"，顺着读和倒着读都是一样的，看起来就很好记。网友说在某群看到我发言说话，就会立马对我的名字产生深刻印象。

百度上搜索我的名字"齐帆齐"，就会弹出很多我的个人相关信息，有我发布在公众号上的文章，有学员文友写到我的文字，有某些平台的采访，这就是全网没有与我重名的最大好处。这些文章都成了我的软文宣传。

（2）头像

头像最好用自己清晰的个人形象照，不会涉及侵权，个人照片要自然端庄、清新真实，凸显个人气质，不要过分花哨。头像和名字都是打造个人品牌最重要的一步，不要总是换来换去，要长期使用。

茫茫网络，网友数十万百万，真正能和作者本人在生活中见面的人是极少的，绝大部分人是通过你的头像产生记忆，他脑海里记得最深的就是你的头像照片。

（3）标签

标签指的是你所拥有的核心技能，是你向外面展示自我的最好方式，我们要把自身最大的亮点，以简洁明了的方式写在各个平台个人账号的简介处，展示自己的核心价值。你不可能和每个读者解释你是做什么的，而别人都是看你的标签对你产生了解，从而决定是否接近你。

我的学员兼好友茶诗花，在我的鼓励引导下，她对外展示的标签是："开一间茶馆，饮红尘悲欢；执一支素笔，写世间温情。河南省作协会员，已出版《在最深的红尘里相逢》。"还备注了她自己的个人微信号。

我早期没有出书，没加入省作协时，我喜欢在文章末尾这样写：我是齐帆齐，写接地气有温度的文字，触摸生活，陪你成长。

现在我写的介绍是：矩阵粉丝 200 万＋，承接人物传记，曾为阿里、菜鸟、老乡鸡等知名品牌做线上营销推广等。

把自己的主要亮点展示出来，吸引同频人或其他合作机会，想通过写作变现的人，一定要重视个人标签，细节决定成败。

（4）撰写个人品牌故事

个人品牌故事比个人简介内容要丰富，毕竟简介有字数限制。如何撰写自己的个人品牌故事呢？

我的好友笑薇，她不管在哪个平台发文章，末尾处都会备注近100字的个人品牌故事。比如她是"90后"南方姑娘远嫁西北，为了能随时回娘家，不受空间时间限制，她决定成为自由写作者。

她还附上她的几千字长文链接，那篇长文就是她如何在工作之余大量阅读，尝试写书评，副业超过主业收入后，辞职做自由写作者，后来多平台发力，成为自媒体内容创业者。她现在随时能回几千里之外的娘家，待上数月，工作生活两不耽误，收入还比上班多。如果她还是当年的普通上班族，肯定没有这样的惬意自由。

这样真诚详细的文字分享，很有感染力。为了让父母不再为她的远嫁抱怨，她立志成为网络自由写作者，内容走心又有干货，必定会引起很多远嫁女子的共鸣。这就是她的个人品牌故事，也就是她的人设。

做个人品牌最重要的是做自己，一切基于现实，你在生活中是什么样子，在网络上就表现出什么样子，不用刻意打造完美人设。不用装着、端着，真实自然就很好。

比如我普通话不好，地方腔重，曾在工厂待过多年，我从不去掩饰这些，那是我真实的经历。《我用手机写作5年300多万字到成为自由写作者的成长之路》我写了有 10 篇连载，有点自传性质，大家都非常喜欢。以后有新朋友问我人生为何能跨度这样大，到底怎么走上了写作之路，我直接发这篇文章的链接给他。

我把这篇文章链接放在视频号下方以及其他文章的末尾，这也是我的个人品牌故事。

我们可以理解为标签简介，吸引感兴趣的作者去阅读你的个人品牌故事。如果有读者喜欢你的文字，认可你的价值观，他肯定想要详细地了解你。

你准备写一篇丰富的长文展示你的个人品牌故事吧，以后你发布新写的文章时，都可以插入品牌故事的那篇文章超链接。

（5）选择创作方向

你需要选定自己创作的内容属于哪个领域，你最擅长什么题材，能否一直保持输出，这些都是关键的点。只有在同一领域进行长久的系列写作，才能强化你的个人品牌。

当你有了写作手感，过了写作新手期后，你选择什么方向，这是要考虑的问题。是情感？军事？理财？职场？育儿？亲子教育？美文？故事？垂直领域写作有利于作者发展得更快，内容更加系统化，更容易脱颖而出。

如果你写了一年多，还没有找到内容创作方向，你可以回过头看看，你所写过的文字，写哪方面的阅读量点赞数据好，你写哪种题材写得最开心，这些就是你持续发展的重点方向。

决定写某个领域，并不是说一定要 100% 全都是该领域的话题，同领域占比 60% 以上就可以。

每个关注你的网友，或者群里有人聊到你，知道你是做什么的，擅长写哪方面，你有什么品牌故事，这就是个人品牌印记。

我的老乡桃子姑娘，她是去年 7 月认识我，加入读者交流群后，她才知道今日头条个人也能注册写文。她业余开始尝试写文，三个月后她用声音分享精彩哲理文章，配一张图片做成视频形式发头条平台，每天可获得 70 元到 300 多元不等，最高时单天达到 1200 元左右的收益。她对自己的副业非常满意。

桃子操作熟练后，每天只用十几分钟就可以录一条视频。她头条账号从 0 到 1 万粉丝用了大半年，2 万粉到 4 万多粉只用了 3 个月。那大半年就是打地基积累阶段，到后面就越来越轻松，这就是自媒体的魅力所在。

视频作品也可以多平台发布。保持持久输出，那桃子的读者就知道她会写文且声音还不错，这就是她的个人品牌。虽然她刚入这行还不到一年，若长期创作运营，未来可期。

（6）重视微信和朋友圈

我们通过写作吸引流量到朋友圈，朋友圈背景图要精心设计，最好有你的个人形象照，右边写上你的优势和特别的经历。不用自卑，每个人都是独一无二的存在。

我看过有人微信备注 10 年长跑者、曾有 3 年抑郁症通过写作疗愈、500 强公司文案写手、爱文字、喜摄影、终生学习者等。

微信是我们使用频率最高的软件之一，每个细节都要关注到。

用户记住的就是你展示的模样，要重视朋友圈背景图和签名。

当你积累了一些读者后，你要做自己的微信社群，群名以你的名字命名。一个微信社群有四五百人，你想宣传什么产品、课程或者推荐书籍，就相当于你在开一场四五百人的发布会。你是群主，那就是你的"地盘"。你用群公告发通知，随时能对那么多人传递信息，影响他们。

一个 5000 人或者是 1 万人的微信号相当于老家 N 个村庄的人数，这是你的影响力。你站在影响力的中心，还担心变现以及缺资源吗？微信号是打造个人品牌的重要根据地。

（7）个人品牌的力量

有了个人品牌，可以实现全球移动办公，不用为考勤打卡烦心，不用担心被老板炒鱿鱼，避免了职场上的尔虞我诈，钩心斗角。

不管你的起点高还是低，不管你是男还是女，是老还是少，不管你在什么地方，一旦你有了个人品牌，你就很可能会超过上市公司中高层管理的收入。

当你拥有了个人品牌和影响力，能让你的价值放大几十倍到数百倍；有了个人品牌，就可以实现低门槛创业，做任何事都会事半功倍。

如果你是公司创始人或者高层领导，你有了个人品牌，就是为公司节约了大量广告费，如小米的雷军、格力的董明珠、老乡鸡的束从轩等，他们都是自带流量的网红人物。

结合新媒体写作，网络运营传播，逐渐打造出个人品牌。前期赚稿费流量费，等有了个人品牌影响力后，后期可对接资源，选择利润更高的项目合作。

（8）出书是打造个人品牌的标配

通常有 3 年以上经验的写作者肯定会有出书机会。对于文字爱好者来说，能出版一本书籍是很多人内心的终极梦想。

出书是所有变现方式的其中一个环节，是打造个人品牌的标配，是向世界递上自己的名片。了解一个人最好的方法就是看他写的书，这可比一张名片所涵盖沉淀的信息要多。出书是一种很好的背书方式，是你从写作者走向作家的重要标志。

不管你是传统写作者，还是新媒体写作者，写成系列化做成书，这显得更加专业权威，是为自己加分的最好方式，更有利于你的个人发展。想在这条路上走得更远，出书是必须要做的事，社会上但凡有影响力的人大都会选择出书。

虽然出书越来越难，但机会还是有，前提是你一直在写作。如果有系统的内容作品，遇上某篇文章爆了，或者因缘际会，你就会脱颖而出，被出版社编辑邀约合作。自己也可主动在微博上联系一些图书公司投稿，机会永远是给那些有准备的人。

出书是为了吸引更多的陌生流量来关注作者，让粉丝实现增量，而不是看重书籍本身的利润。所以很多新人作者出书，大多数只是赚人气和影响力，再用影响力整合资源达到商业变现。出书的隐形价值巨大，我认识一位作者通过出书吸引到投资人的注意，给他们带来天使轮投资。

放眼望去，我们所熟知的名人几乎都出了书。我们在写书的过程中，还能梳理巩固自己的知识框架体系，书籍出版面世又能让其他人从中受益，这是利人利己，一举多得的事情。

　　出书是打造影响力和个人品牌的最好方式，写书更是磨炼心性、自我提升的过程。

新媒体时代，传播带来价值杠杆

朋友李老师和知乎平台合作推出了历史人物系列，以一种电子书的模式推出展示，只要购买了知乎平台会员的用户就能免费阅读。这也是一种涨粉方式。而且因为这项合作，李老师获得了1000多个高质量的精准微友。这些好友里，有国内一线出版公司的编辑和他洽谈了下本书的合作出版事宜，这就是平台的赋能，为个人带来的合作机会。

我们只有把自己和创作的内容曝光在更多人的面前，才会有被伯乐看到的可能。你是被100人认识，还是被1万人、100万人认识，所带来的附加值肯定不同。我们要明白在网络新媒体时代，只有大量传播才能带来价值杠杆。

我曾听朋友说过一个段子：

假如你家里有一只进口品种猫，你不宣传别人不知道。当宣传后有了关注度，一定有很多人看，那么谁拍一张猫的照片，你收10元一张，跟猫合影收20元。然后再开发其他项目。

如果没有宣传就等于没有价值，一切都是零。这个段子就论证了传播的重要性。

从普通人到名利双收者

2016 年，25 岁的李叫兽被百度聘为史上最年轻的副总裁，百度用上亿元收购他的公司。为什么他能拥有这么好的机会？

李叫兽本名李靖，2014 年开始在公众号写作。他写的是关于商业的洞悉、各种文案的解析等方面的文章，多篇达到 10 万 + 的阅读量，其中不乏千万流量的大爆款。

源于他的文字在网络上的传播，百度高层注意到了他，并用可观的资金收购了他的团队，且让李叫兽出任百度副总裁。虽然他只在百度工作一年多，但对于他的人生来说却是一个极大的机遇，因为在百度的管理工作经验会让他受益终身。

李叫兽有幸被百度邀请，主要是因为他会写作，懂得传播的价值。假如他没有写作，没有写那么多爆文，即便懂得很多营销理论，也不一定有公司动用上亿元收购他的团队，邀请他做副总裁。

拼多多的创始人黄峥，当年在浙大学习计算机专业，他利用业余时间在某个网站论坛上分享自己专业领域的知识，只是记录学习心得，没想到网易的创始人丁磊注意到他，认为他写的文章专业性很强，一口一个"老师"地称呼黄峥，还留言向黄峥请教问题。互加联系方式后，黄峥才知道，这位读者居然是大名鼎鼎的互联网大佬丁磊。

一个普通的在校大学生，因为在网络上输出自己的学习感悟，从而链接到知名公司的创始人，这再一次证明文字是很好的媒介桥梁。

丁磊邀请黄峥大学毕业后到自己公司工作，黄峥拒绝了他的好意，表示自己想毕业后去美国继续学习深造，丁磊随后又引荐在美国的牛人段永平给黄峥认识。

2018年，黄峥把拼多多成功送上市，成为估值仅在腾讯之后的中国又一大企业。黄峥在很多公开场合表示，人生中几个关键点离不开段永平的指点帮助。

通过拼多多创始人的事例，我们也可以看出，会写作和传播，能直接或间接地给自己带来"贵人"。全国每年大学生多如牛毛，当年和黄峥同一届学计算机的大学生有很多，专业、优秀的人也不少，而黄峥能做到一有空就在网络上写文章，这样才获得了机会。看似是偶然，其实一切都是必然。

这印证了龙老师说过的一句话："读大学4年坚持在网络上写作，到毕业时工作会主动找你，而不是你去找工作。"

如果黄峥只是写在自己的私密日记本上，没有公开过，就不会被互联网大佬认识，更不会在20岁左右的年纪结识到中国知名的优秀企业家。

不管是李叫兽还是黄峥，他们都通过写作和传播，带来了价值杠杆，产生了影响力溢价。

写作是种定投，带来社交价值

自媒体大咖 S 叔说："新媒体是上帝给每位普通人快速崛起的一张门票。"

S 叔因为写公众号做到百万粉丝成为年入千万的知名大咖，还有上篇提到写营销理论、写观点文的 25 岁李叫兽，公司卖了亿元以上，出任百度副总一年半时间……这些都是写作的力量，都因文字的传播带来巨大红利。

大咖的成长故事，大家会觉得离自己很遥远。我本人从多年工厂工人到通过自媒体写作，实现时间自由、经济独立，虽没有像大咖那样收入惊人，但因自媒体写作，我的成长加速了数十倍。

在这些例子的背后，我们看到了一个正在发生的趋势：当一个普通人有持续创作内容的能力，再进行网络传播，他会有创造财富神话的可能性，就能从人群中脱颖而出，打造出属于自己的 IP。

同时，我们看得出传统的媒体，比如出版发行、杂志、报纸、电视等正在遭遇自媒体的强大冲击，这种势头越来越明显，就连曾经数亿人同时观看的春晚节目，如今都成了我们玩手机时的背景音。

如果你从现在开始重视自媒体还不晚，想写作就从现在开始写吧！未来几年都有红利存在，对于普通人仍然有机会实现人生蜕变。

很多实体行业已经有阶层的壁垒，而新媒体行业对于普通人来说仍然有上升空间，权力壁垒尚未完全形成，非常适合无背景、无资金、无人脉的三无人群。

让影响力成为价值杠杆，引爆个人 IP

写本章节内容的前一天，有一家公司提出给我投资 100 万元，让我成为他们公司的内容总编。他们说，会想尽办法"盘活"我目前的现有资源，实现价值最大化，合作比例是 49% 与 51%。

大家合作发展、共同盈利，他们设计好商业运营模式，计划让我的收入提升 3 到 5 倍。虽然我没有接受他们的邀请，但这也是对我的一种认可，让我看到了更多的可能性。

为什么他们会找到我呢？这是写作和个人品牌给我带来的机会。对方是通过一位朋友的介绍，对我产生了兴趣，看了我 20 篇以上的文章，认为我各方面基础已经积累得不错。

我相信自己即便不和任何人合作，随着我的不断学习，精进文字，积累流量资源，我的成长速度也会有大幅提升。我已经积累了 5 年多，新媒体写作这行最大的优势就是有叠加复利效应。

1. 影响力的本质，不是"价值"而是"价值感"

没有影响力的人，他的成交是"一次性的消费品"，难以有后续发展。当你具备一定的影响力，你的经验和成功案例可以变成你的长期固定资产，会不断升值，甚至可以传承给下一代，让子女也受益。

据说樊登当年没有影响力的时候，他出去讲课是以免费为主，成名后出场费都是 6 位数起步。人还是那个人，甚至所讲的内容也相差不大，但身价却不可同日而语。樊登现在已经是互联网行业的大 IP 之一。

因此，我们可以看出，溢价的不是内容本身，而是影响力和个人品牌。

去年年底，我参加了 Peter 老师的线下私董会，当时一行六个人里面，有两个人都认为芙蓉姐姐毕业于北大，但事实上芙蓉姐姐从来没说过自己是北大毕业。这是因为，芙蓉姐姐是在北大和清华的网络论坛上发帖而出名的。

人的思维定式，会对某一个标签产生很大的刻板印象。芙蓉姐姐的文章里多次提到她在北大附近吃小吃，当年她考北大的失败经历，在北大校园里面拍照发到网络上，在北大超市买东西被人认出来后逃跑……各种描述中不断叠加"北大"这两个字眼，无形中让观众把芙蓉姐姐和北大牢固绑定，形成深刻印象。

让人不可思议的是，她后来出名之后，竟然受邀在北大百年讲堂做了一次励志演讲！开始她是蹭名气，最后反过来影响了被蹭的群体。

通过这个案例故事，我们也可以想到，初期新手作者可找小咖为自己赋能，比如帮对方工作、参加对方的课程、与他产生链接，这都是借势营销获得影响力和资源的方式。随着自身的不断积累，逐渐找到更厉害的人为自己助力推广，用价值交换或者用时间交换。

我在开始写作的前两年写了很多人物稿，这些人进入写作圈都比我早几年，在我写他们后与之产生了更深度的链接，他们把我的文章发在各自的公众号，夸我写得很用心，大家经常聊天交流信息，逐渐成为好朋友。他们也会在朋友圈推广我，随着我在自媒体上的影响力不断增强，有的甚至主动给我介绍资源和合作伙伴。

这就是坚持写作、坚持传播和打造影响力，最终带来价值杠杆的结果。影响力的本质，不是"价值"而是"价值感"，所以需要恰当传播。传播需要时间的坚持投入，还有机遇和努力，比如写出一些爆文，与某个平台刚好调性相符，愿意为你转发宣传，提升了你的热度。但最重要的是要有长期输出内容的能力。

2．IP 思维意识

如果你有了打造个人 IP 的思维意识，平时从点点滴滴做起，准备不同长度的简介，一个放文章末尾，一个放在作者简介处，还有一个用在微信社群里。每当你进了某个新社群时，若有加你微信的好友，你要抛出准备好的详细个人介绍，最好配上个人照片。

哪怕在朋友圈，也不要浪费个人页面的头图。做好充满个人特色的介绍展示海报，保持全网所有平台的昵称和图像一致，主动去参加一些平台、机构、社群的活动，积累自己的个人品牌影响力。

如果有条件的人，可选择投入金钱推广，也就是指传说中的"人民币玩家"。我认识的一些自媒体大咖，他们每年会拿出1/3的收入购买流量，让别人积累多年的粉丝为自己所用。在内容超载的年代，流量亦是资产。

在决定投入前，要核算测试好产出比。还可以购买平台的流量，如微博可以用钱购买粉条投放指定的文章，百家号的可以投百加，抖音号的投 Dou+，今日头条的投加油包。这就好比淘宝的直通车，不同的价格对应不同的流量数据。这当然也是平台盈利的一种方式。作者和平台各取所需。

当你有了一定的基础，你可以在淘宝上订制一些文创产品，比如鼠标垫、充电器、笔记本、手帐、绘本、明信片等（记得要放上自己的微信号二维码），作为一种福利产品，可以赠给社群优秀学员或者是作为礼物赠送他人，传递情感，还能无形中宣传自己的个人品牌。如果后期影响力够大，直接可以销售以你的名字命名的文创产品。

3. 创建百度百科

百度百科在大家的心目中比较有权威性，不管是个人还是公司，百度百科都是打造个人品牌影响力的重要方式之一。

如果你想让别人更多地了解你，布局百度百科是非常有必要的。如果是个人创建百度百科资料，主要内容为：个人简介、个人生活经历、个人成就、个人的社会性事件等。

百度百科词条最主要的优势是具有很高的权重，绝大部分可以排名在百度前二，用户很容易搜索到，这意味着永久性获得了权重极高的推广机会，无形中宣传了个人或公司。我们平常聊起某个人物，大家习惯性地查看百度百科资料信息。

你在参加一些重要活动的时候，可以发布相关的新闻稿，更新到百度百科，这样以后读者从百度上搜索，就能看到完整的图文信息，再次增强了你的公信力，加深了读者对你的信任。打造个人品牌和影响力，百度百科不容错过。

4．借势、借力营销

借势营销是快速打造个人品牌的方式之一。

如同第5章所提到的借势写热点爆文一样，热点自带流量，那么有势能的人也是自带流量。所谓的"借势营销"，我们可以和一些知名人物合影，帮助知名人物做编辑、当助理、运营等，让大咖帮自己背书。

自媒体人龚文祥老师，他微信好友很多，微博流量也不错。当年他不了解出版行业，还没出过书，李鲆老师做出版多年，他们合作写了如何做微商系列书籍，畅销百万册，这就是互相借力。各自用自己的优势换对方的资源。那本书的所有读者都知道了他们两个的名字，大大提升了彼此的势能，合作共赢。

我的另一个朋友，她无偿帮周国平老师公众号做编辑两年，如此，朋友有幸见到周老师及他的妻子，由于他们的引荐，她获得了中央广播电台的受访机会。哲理散文文章优先上稿他们的公众号平台。

我朋友这种行为也是一种借力借势。将心比心，人心都是肉长的，大咖再牛，你真心地付出，他们也看在眼里，肯定会回报你一些资源或者其他合作机会。越优秀的人越不会轻易占别人的便宜。

如果你有机会去大学讲课，你可以在标签简介里写上某某大学特约讲师，这就是一种头衔，为自己增加信任度。

如果你给某家500强公司做过文案或者做过线下课，那么你就可以说自己是世界500强某公司特约文案讲师；或者是上市公司自媒体营销讲师、某个大咖御用编辑、某大咖御用摄影师、活动策划人；等等。我们在打造个人品牌的过程中，可以借助别人的能量提升自己的知名度，俗称"抱大腿"。

如果加入了当地省作协会员，或者是中国作协会员，这也是利用一个头衔给自己背书，可提升个人品牌的能量。

借势营销，在打造个人品牌里面也叫公关策略，借势公关。我们在借势的过程中逐渐累积出自己的"势"，打造出属于自己的个人"品牌"。

所谓借力打力不费力。小的发展靠努力，大的发展靠合作。

个人的能力是有限的，除了本身要精进内容外，想要快速发展，还要擅于整合资源，学会借势营销，抱团取暖。做人得体，做事靠谱，如此，路才会越走越宽。

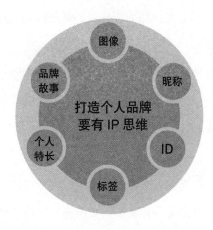

本章小结：

* 重视个人头像、个人 ID、标签简介、个人品牌故事。

* 选择自己擅长的领域，形成系统化的写作，不断精进打磨好自己的知识结构。

* 熟悉各个平台的运营规则，保持有节奏的更新，多刷存在感。

* 主动抓住可以出书的机会，让书籍为自己赋能。

* 擅于资源整合，自己的薄弱环节可以与他人合作，形成互补，彼此赋能。主动选择吃亏，让利给对方，让别人乐意与我们合作打交道。

* 订制你的个人品牌文创产品作为互动链接人脉的福利产品，同时又能传播你的个人影响力。

＊创建百度百科，增加权威性，你若经济条件许可时，可适当投入资金推广，获得更大的品牌影响力。

　　让影响力成为价值杠杆，打造出属于自己的IP。当你有了个人品牌，你就站在了影响力的中心，你的变现能力自然水到渠成，财富会追着你而来。

第 8 章

商业文案写作变现法则

当你打好了写作基本功，你就可以获得稿费，还可以通过写商业文案获得收益。随着你写作时间的积累，驾驭文字能力的提高，写作的变现渠道自然会越来越多。你可以用碎片化时间来写商业文案，这也是写作变现的一种方式。

带货文：帮助商家做好营销

带货文不是文学作品，而是要把产品销售出去，它是商业文案的一种。

今日头条的万粉作者、百家号、知乎等平台都可以用文案带货。

当你在这几个平台写作经营一段时间，就有机会开通商品橱窗带货功能。你要选择你所写领域相关联的产品，而不要风马牛不相及，比如如果你写育儿领域，那你就选择和带孩子相关的产品。

用文案卖书符合绝大部分人。比如你想卖某本书，就针对那本书写上一段文案，最后插入京东或淘宝的购买链接，若有读者下单，你就能获得一定的佣金，通常为商品价格的 10% 到 30%。

用户为什么会购买，那就看你的文案创作水平。内容要写得走心诱人，把书中最有价值的核心点展示出来，用户看到你的文案就会产生购买欲，直接打开你的链接购买。我群里有作者用微头条一个月卖了 3000 多本书，副业超过本职收入。

比如之前大家卖王小波的书，阅读量高的文案，前面大部分内容都是写王小波的思想前卫、特立独行，以及他和李银河的爱情故事，后面会引用名人对他书籍的高度评价，增加吸引力。如下：

有人评价王小波的书：一遍读王小波，大笑；二遍读王小波，大骂；三遍读王小波，大哭；四遍读王小波，大悟。

冯唐说："他的文字，仿佛钻石着光，春花带露，灿烂无比，蛊惑人心。"

李银河说："他是世间最美好、最有趣、最好看的一本书。"

高晓松说："以我有限的阅读量，王小波在我读过的白话文作家中绝对排第一，并且甩开第二名非常远，他在我心里是神一样的存在。"

生前作品出版艰难，一直不被认可的王小波，死后不仅作品洛阳纸贵，还被封为"中国卡夫卡""当代鲁迅"。时至今日，王小波的《黄金时代》《白银时代》《青铜时代》组成的"时代三部曲"销量高达千万册。

现在，仅仅半瓶香水或者两包烟的钱，点击下方购买链接，就能把王小波全集抱回家。

这篇文案后面的句子增加了说服力，引导读者对王小波产生强烈好奇，吊起读者的胃口，再配上王小波本人和书的图片，附上京东或淘宝的书籍购买链接，这就是微头条文案带货。

如果是卖产品，如鸭脖、电饭锅、耳机等，你在写带货文案时，首先要了解你是写给哪些人看的，知晓该产品的卖点是什么，用户为什么要买。写作时不能直接写广告语卖货，而要有内容故事，否则平台会打压。

开头最好以热点切入，埋下伏笔，引导读者能看完整个文案，结尾处再巧妙地嵌入产品卖点，带货软文要写得"软"，产品推广顺带一提，引起读者感兴趣就好，这样才能得平台的推荐。

内容电商将会是大趋势。用户一边看文字内容，一边下单买东西；平台有了内容，又有广告收益；产品方节省了业务员。这真是几方多赢的局面啊！每年的世界读书日、"618"电商节、"双11"、"双12"，会涌现出很多优秀的带货达人，创造了销售神话。平台也会鼓励大家用优质内容带货。

如果你不会写爆款文章，写不出小说故事，写不出深度的观点文，不会运营个人品牌，那用几百字短文带货卖产品也是很好的变现途径，总会有一种变现方式适合你。

能带货多的高转化率文案，一定是内容好、有观点、有流量。如果你的带货文案阅读才两位数，肯定无法实现变现。

百家号的商品功能，知乎的好物推荐都是同理，都需要有读者思维，别人为什么要买你推荐的东西，你要会选品，还得会写文案、会埋钩子引导，最主要的是你所写的内容能被平台推荐。任何一种写作变现都是要花精力钻研学习，通常一个阅读量50万的带货微头条可以卖出100多本书。

爆款带货文案的特点

成功的卖货文案有四个关键点：

（1）背景，搭建一个场景，让看到的人感同身受。

（2）承诺，我有什么，能让你有什么结果和变化。

（3）证明，你为什么要相信我，如果你质疑我，我会如何回答你。

（4）刺激你，为什么现在就该买？

我们的带货文案写得马虎就带不了货，要击中用户的痛点，拥有自己的特色，文案要最大程度实现带货。带货的文案一般更具有商业属性，它就是吆喝，用文字种草吆喝。我们既是卖家，又是宣传员。

引导消费，吸引用户立刻购买

（1）好看。

（2）好用。

（3）不买就是损失。

好看是锦上添花，是感官舒服；好用是刚需，迫在眉睫。不买就是损失，这是商家用文案塑造出来的假象。仿佛你不买，就吃了大亏，而人性都害怕失去。朋友圈或公众号文案要表述场景，推出商品加引导，购买场景其实就是故事。

我上月在朋友圈为红老师分销她的"剧本杀"课程。发出去1小时后，我被动收益达到4位数。

我的文案是这样：

我的第一本书里就写过红老师的传奇故事，从服务员到出版几十本书籍的畅销书作家。她的某部小说被改编成影视作品获得千万票房收入……

她一直走在时代的前面。现在推出剧本杀课程，最后三天特惠价了，只用一顿火锅的钱投资自己，我在听，超值！你想来吗？投资自己和知识永远是最明智的事。

引导消费，不能是强压式的。不要告诉别人这个很好用去买它，而是告诉他结果。我用完变瘦了；用完我的皮肤更好了；我买产品，感觉超值，赚大了。引导客户自己去思考，值不值得去买。好看可以直接获得赞美，是一种正向的反馈描述；好用是挖掘痛点，让客户务必重视，不买就是损失，刺激用户赶快下单。

其实我们的生活中，文案无处不在，文案有长短之分，看用在哪个平台。如果是一篇优秀的品牌文案，不仅可以帮助个人品牌建立自己的特色，通过长期的积累，还会让这种特色变成习惯，变成购物方向标。购买好看的商品和好用的商品，背后是精神价值导向和功能价值导向在起作用。

商业文案贴近生活

当今网络社会，我们离不开文案，比如发朋友圈、产品文案、个人品牌文案、新媒体软文、短视频文案脚本、课程招募文案、招收合伙人文案、销售信等。

商业成交的底层逻辑都离不开文字。面对不同的受众群体，要写出不同的文案。文案的好坏能直接影响成交收益。好文案是"印钞机"，这一说法并不夸张，优秀的文案能为产品带来很高的转化率。

一篇优秀的长文案放在网络上，多渠道平台不断复制宣传，这种强大的威力甚至能超过 N 个营业员的能力总和。很多大型公司都有自己的文案团队，也有的外包给专业团队。

在提供策划和方向以及概念基础上，商业文案要有创意，将企业的商业策略、品牌诉求适当地表达出来。文案是表达策略性的方式。文案语言一般力求直白，平实简练。

文案可以利用故事性热点来写。动笔之前，必须要研究产品，找到核心利益点，以此关联消费场景或者情感共鸣等，从而创作出优质文案。

既然文案这么重要，我们来看看文案的几种类型。

1．卖水果的故事

据说有一个年轻人去买水果，走到水果摊前。

他问："阿姨，水果是怎么卖的？"

阿姨："1 斤 3 元，3 斤 10 元。"

这个人听了以后暗自窃喜，于是就拿出了 3 元钱买了一斤水果，然后又陆续买了两次，每次都只买 1 斤。

买好以后，他笑着对阿姨说。

"嘿嘿，看到了没有，我才花了 9 元钱就买了 3 斤了呢！"

只见这时，阿姨慢慢悠悠微笑地回道：

"哈哈，自从我这样卖水果后，每次我都能一下子卖掉 3 斤呢！"

这是抓住让用户占便宜的心理。我们市场卖衣服的两口子就喜欢唱双簧，一个说 165 元，一个说是 145 元，另一个生气地说你记错了，那是咱们进货价。客户就觉得 145 元挺划算，开心爽快地赶紧付款，生怕商家反悔。其实商家就是计划卖 145 元。

有不少知名大咖号称咨询费每年数百万加分红，是否有人真花那么高价咨询不知道，反正他们把自己的身价哄抬起来，大量地宣传推广，他们再卖其他几千上万元的课，就特别容易成交，因为有高价作为参照物，也就是价格锚点在那里。

2．价格"平均法"瞬间让商品变得"不贵"

前年，我同妹妹还有几个学员朋友去柬埔寨旅行。第四天，有个环节导游让我们在商场休息，有个销售员（祖籍也是中国）上台推销乳胶垫，他就用了分摊的销售逻辑。

他说能用 30 年以上的乳胶垫，一天算下来才多少钱，很划算，对人体如何好，视频中还播放了乳胶的来源及产品制作过程，让人无比信服。

他还说，中国有些人很奇怪，为了所谓的"面子"，花几十万买个地方给车"睡觉"，自己却舍不得睡好点，简直不能理解，身体重要还是车重要？人生有多少时间是在床上度过的啊！每天才多少钱，却换来身体的健康呀！全套演讲下来有他的一套文案逻辑，层层相扣，步步递进。一万元一床的乳胶垫，现场成交 12 个人。

人都喜欢占便宜，哪怕实质并没有占到，用户在乎的是那种感觉。擅于洞察人性，站在用户角度才能写出好文案。

品牌产品文案：寻找品牌的核心价值

第一，要让用户明白这个品牌是干什么的？

第二，要让用户明白这个品牌的优势在哪里？

第三，侧面让用户感受到对比的差距。

品牌文案的标题是否吸引人，让人有继续阅读的欲望？内容是否有爆点，让人读后欲罢不能，引发反思，甚至愿意主动去转发？

宣传的产品质量是否过硬？产品的亮点是什么？能给用户带来什么价值？你的产品能解决用户什么痛点？是否能够促发读者购买或者有了解的行为？

俗话说，"人靠衣装，佛靠金装"。产品要靠文案包装，文案的最终目的就是包装产品的价值，让它更好地销售出去。

假如一家产品有大牌明星代言，有名人效应，就自带流量热度。你们服务过的客户，如果是世界500强企业，得到过行业的权威认证，这就是价值亮点，要多多凸显，大量宣传。

文案可以激发购买欲望，满足客户情感需求，赢得客户信任。要从第三方见证反馈和售后保障方面思考，给客户行为下"命令"。

产品文案的消费者，首先是用户，他是人，文案要打感情牌。如"下厨房"美食平台 App：唯有爱和美食不可辜负；二锅头的文案：用子弹放倒敌人，用二锅头放倒兄弟。这类属于品牌广告文案标语。

文案在表达手法上要落地，结合实际，才能写出触动人心的文案。

要注意你的用户群体是什么人？目标用户的性别、年龄层以及他们的事业发展方向都影响着他们的关注点。如果不能针对他们的需求点去写，那你的文案就没有意义。

发布的载体不同，推广的方式也不同，需要不同内容组合。文章加上视频或图文，让推广文案更丰富。

文案要找准内容的切入点，擅于用热点及名人名言。不要长篇大幅引用，几句话即可，后面紧接着表达自己的观点。如果以故事开头，可以制造悬念，引人入胜，代入感强。

我们自己的故事或者听说的故事都可以用在其中，但一定要和内容相契合。描写实际体验感受，从视觉、味觉、嗅觉多方面描述，还可以加入引发的回忆等。

引发人们将心里的担忧表达出来，适当提出解决方式。不能一味地渲染担忧的内容，要谈如何解决。好文案要引起读者的共鸣，让读者身临其境。

文案一定要有引导目的，让用户有正当的购买理由。要擅用名人推荐，增强信任，还要利用价格优势、名额限制、限时促销、饥饿营销法，增强紧迫性。

文案要考验作者的想象力、创意水平和思考能力，作者要把各种毫无联系的概念整合到一起，创造出一个新概念。

多看案例是学习写文案的很好方式，我们通过对优秀案例的拆解分析，形成自己的理解和逻辑，从而能更清晰地写我们自己的卖货文案。

商业广告文案代表品牌的核心价值，要利用图片、文字等内容，吊足读者的胃口。

我们熟知的经典品牌文案标语：

德芙巧克力：得到你是我一生的幸福，德芙尽享丝滑。

联想：如果没有联想，世界将会怎样？

人头马：人头马一开，好事自然来。

面膜：只要一个膜法，你就能变美。

王老吉：怕上火就喝王老吉。

小米体重秤：喝杯水都能感知的精准。

万科地产：没有 CEO，只有邻居。

第一代 iPad：把 1000 首歌装进口袋里。

陌陌：世间所有的内向，只是聊错了对象。

曼士德咖啡：生命就应该浪费在美好的事物上。

山叶钢琴：学钢琴的孩子不会变坏。

这些优秀的文案不仅仅是文案，还成了很多人的生活信条，成了人们的一种生活方式。

　　每则广告都有它自己的一套表达和传递信息的方式。要巧妙运用心理诱因，用短小、简洁、有效的方式建立品牌认知。

　　美国权威调查机构经过科学的测试认为，广告效果的50%~75%来自广告文案。世界著名广告文案大师大卫·奥格威曾经指出，广告是文字性的行业，在奥美公司员工通常写作越好提升就越快，文案是广告的核心。

细心观察生活，展示文案功底

商业文案主要有短文带货文案、优秀长文案、品牌广告语文案等。如果是销售型文案要掌握目标用户的需求，挖掘产品特色亮点。要给客户购买的理由，引导购买，还要展示品牌形象、展示品牌精神，带动品牌传播。

我们想要写好文案主要通过多看文案寻找灵感，多阅读经典的文学作品、当代热门作品，多看优秀文案、经典电影，通过对优秀的文案拆解提升自身写文案的功力。

当看到某篇带货文案阅读量很高，出单率不错，我们就应该去反复研究，别人是如何开头切入，如何嵌入产品实现高转化率的。

生活中，我们无论是购买产品还是线上课程，都可以用逆向思维思考，自己是如何被别人成交的，对方的文案好在哪里，是怎样解决了你的疑虑，让自己爽快买单的。

关于品牌文案，我们平常走在大街上，在地铁上看到好的文案，要思考能够触动人心的文案好在哪里？不好在哪里？如果自己来撰写，会如何入手？

在写文案的过程中，切记多用动词，少用名词，增强画面感。学会洞察人性，所谓的洞察就是通过现象看本质，也就是商业背后的底层逻辑，这样会达到事半功倍的效果。

用碎片化的时间写写文案。文案变现是写作变现方式中的其中一种，也是较容易的一种。其实不管你写哪类题材，万变不离其宗，都离不开文字的创作能力及组织文字的思维能力。

我上周给一家品牌服装推荐了5位软文文案写手，千字200元起。他们通过公众号文章销售自己的产品，而公众号内容需要写手来创作，他们有小编排版配上自家的服装图片，文章里有购买链接和客服联系方式。

不得不说，文案营销，内容电商是一种很高级的销售方法，有种润物细无声的感觉，还能"以一对多"。

本章小结：

微头条短文带货文案、朋友圈文案、公众号长文案、品牌广告文案，都是在文字中种草达到销售的目的，或是通过文案传播品牌。写好方案离不开文字的驾驭能力。

写文案亦是自媒体变现的其中一种，要多拆解分析优秀文案，从用户角度去思考如何写打动人心的内容，促使网友下单购买。

第9章

迭代思维，实现跨越式成长

当你迷茫不知道做什么的时候，请动笔写作吧！写作会倒逼自己大量阅读，增加思考深度，变得更加珍惜时间，让工作高效。写作久了，会明确知道自己到底想要什么。

写作是带动主业提升或发展副业的很好方式。

写作能链接到各行各业的人，这些人可帮助我们迭代思维，实现快速成长。

写作倒逼阅读速度

写作能增加阅读量，还能提高阅读速度。

当你成为一名写作者，必然要涉及更多的知识，我们要学习别人的智慧，了解他们的写作结构和观点，从中获取写作素材和灵感。孙莘老请教北宋著名的文学家欧阳修，如何能写好文章？欧阳修答："无他术，惟勤读书而多为之。"意思是说必须要大量的阅读并经常练笔。

一个从来不爱阅读的人不可能成为一名作家。一个写作者的阅读量一定是写作量的数十倍以上。

在我还没有走上写作之路的时候，我喜欢看朋友在 QQ 空间写的日记，偶尔也买杂志和书籍。写作后，我学会了主题式阅读。如果我想写成长系列文章，我就多看这方面的书，收集相关的素材，有意识进行主题式阅读记录。系列阅读有利于知识体系化，也会增强理解力和记忆力。

写作后，我的阅读速度提高数倍。在读一本书之前，我会先了解该书是专业性的书籍，还是成长畅销书或是文学性很强的名家书籍。

其次再看目录，目录是一本书的框架，也就是作者的思路大纲，通过阅读目录我们可以掌握全书的重点。

自从写作后，我养成了做阅读笔记的习惯，也会用思维导图记录书的人纲和要点。下一次再看到这些导图，就能迅速调取记忆。人的大脑天然喜欢视觉化的东西，相比于大段的文字，图像的形式会令人印象深刻。

在读书的时候，要从每一页选取最有魅力的一段做标注；再从这一段里挑出最精华的一行记录下来，加上自己的观点想法。用讯飞语记或者有道云笔记把自己喜欢的段落读出来可自动转化成文字。

如果是成长励志书籍或者干货类的书籍，我们不必过于细嚼慢咽。这类书通俗易懂，要学会提取书中的精华。

意大利经济学家帕累托发现：在任何一组东西中，最重要的只占其中一小部分，约20%，其余80%尽管是多数，却是次要的，因此称之为"二八定律"，也称"帕累托法则"。

读书不是为了复制100%的原文，一本书最精华的部分大约是20%。那么我们要学会从一本书里提取20%的精华。

阅读是为了获得知识，增加思考的深度，让我们下笔如有神。

读名家散文故事，我曾用秒表记录时间，我能做到一分钟读一页。若是小说类书籍，阅读速度还要快两倍以上。

一个3年读10本书的人和一个3年读了500本书的人，知识量肯定不同。好比一个几年才写3万字，另一个已写了100万字的人，他们的笔力和语感，写作速度大概率会截然不同。

　　如果你想持续写作，必然会大量阅读，否则你会缺乏素材。写作是倒逼我们成长的最好方式，久而久之，必定会提升阅读和写作的速度。

写作让工作更高效

我是一名自由写作者，同时也是线上课的老师，每天有很多信息要回复，还要读书写作，沟通对接一些项目。

那么如何合理地规划好时间呢？"凡事预则立，不预则废"。

我要求自己每天最少阅读 3 个小时，听 2 本书（主要通过慈怀读书、樊登读书和喜马拉雅平台听书），写作 2000 字以上。在做家务或者散步的时候听书，每本书我都会听两三遍。

自从写作后，我发现时间越来越不够用，必须争分夺秒。写作后，发现世界上有那么多热爱文字的人，他们如此优秀仍然很努力；世界上有那么多好书，我要珍惜时间，多看一本是一本。有时候看到微信群里其他文友纷纷写出文章，当然不想落后于人，这些都是在倒逼自己进步。

写作后我懂得了利用碎片化时间翻看素材库，摘录金句，记录灵感，为文章配图。舍不得浪费时间，每一分钟都觉得无比珍贵。

当我们合理运用碎片化时间的时候，就是化零为整，积少成多。

有时候，我会遗憾没有早点开始写作，浪费了大好时光。写作让我更深刻地体会了时间的宝贵。上天最公平的地方在于给每个人都是同样 24 小时。人和人的最大区别是利用时间的区别。

写作使我养成早睡早起的习惯。没有写作时，逢年过节假期一觉睡到中午，一天不知不觉就过去了。写作后我明白了早晨很宝贵，早晨是大脑注意力最集中的时候，"早起三天顶一天功"。五年多来，我每天早晨五点半左右起床读书或写作，工作效率大大提高。

写作者长期读书写作，容易得职业病。这几年，我每天坚持跳绳 200 个，跑步 30 分钟。写作让我更加珍爱生命、注重健康，一切都朝着更好的方向发展。

摒除干扰，提高专注度

"文无第一，武无第二"。现在是新媒体写作时代，写作者不用过分担心文采不好，不必去和文学大师做比较。写得开心就好，最难得的是做到持久输出文字。不管写什么样的题材，日复一日地坚持输出，总会有认可我们的读者。

如果你的某篇文字被平台推荐流量很大，难免会遇到愤青不认可你的观点，甚至攻击谩骂你。不必玻璃心太在意，你越与他争辩，对方就攻击得越厉害。不仅耽误了自己的时间和精力，还破坏了好心情。最好的办法就是置之不理。

我们不是人民币，不可能做到人人都喜欢。愤青不是因为你的文字而骂你，他是生活不如意，想找个地方发泄而已。

写作者随着人气的增加，这样的事会越来越多，我们要有一颗强大的内心，做好自己的事情就好，不必被少数负面声音打乱了节奏。

如果自制力不强，在写作的时候，断掉网线，不要看手机，专注地写作，完成一篇文章，再去看手机。或者把手机放在另一间屋子里，目标不达成，不要轻易拿手机看，也不要找零食吃。

想要快速成长，必须严格要求自己。

卸载一些不常用的软件。如果你在写作的时候，写几行就想着去玩或去刷一下某音，你会越看越上瘾。别人写 2000 字文章只要半小时，你或许两天都没有写完。

如果写作的环境嘈杂，尝试戴上隔音耳机。这样你就可以沉浸在自己的文字世界里。这是提升写作效率和专注度的好方式。还可以借助一些工具，如番茄闹钟，它可以帮助我们排除外界的一切干扰。还有一种方式，你对外说出你的写作目标，如今天必须写出 3000 字，本周完成 2 万字，你可以发在微信社群或者朋友圈接受大家的监督。如果失败了，给大家发红包，这也是逼迫自己专注的好措施。

无论是网络上的负面评价，还是外界噪声，我们都要学会摒弃干扰，竭力让自己在写作过程中保持专注和高效。

互动式涨粉，借助平台发力

每一个创作者都希望自己能得到更多人的关注和喜欢，这是能让自己持久写下去的动力之源。各家自媒体平台如同古代的诸侯各占一方，大显神通。不同的平台有不同的规则。

1．微信公众号

微信公众号是相对封闭的平台，也是粉丝质量最高的平台。我们可以从其他各个平台吸引流量，集中在公众号。

发文章的时候一定记得带上话题，比如"齐帆齐微刊"里面很多文章，我在发布前会带上＃写作，＃读书成长，＃自媒体等话题。

带上话题是让这个领域感兴趣的人更容易看到文章。留心一下你会发现，在看微信公众号的时候，下方会自动弹出同类型的文章，这个就是根据话题大数据的自动推荐。

在微信公众号上，可选择把过去的文章整理到同一篇文章里，以便让新来的朋友全面地了解你，选择是否持续关注你。最好分类整理，如人物稿、怀旧随笔、成长类干货等。

公众号可以开原创保护，有赞赏功能，还有"在看"，如果你的朋友圈有 100 个人给你点亮"在看"，那么他的朋友也能看到，这是一种社交裂变。

如果你想涨粉，你可以在社群里发红包，让大家点击"在看"或者转发分享，可以提高文章的曝光率。你在转发之前，你要确保文章的质量，否则是在消耗人脉。我们要尽量做一个为别人加分的人，而不是减分的人。

今年微信公众号、微信视频号和小商店，都已经互相打通。它们都属于微信生态领域，允许相互导流，有利于后期变现。

通常有 1 万以上粉丝的微信公众号就能接到一些商家的广告合作。但不管哪个平台，接广告一定要接靠谱的，以免辜负读者对自己的信任。

微信公众号是最佳自留地，即使没有阅读量也值得好好经营。

2. 简书

简书平台近年用简书贝奖励写作者。虽然作者所获极少，但还是有很多人对此感兴趣。充值买会员的人，流量会高很多。合伙人的阅读量基本上在两三千左右。会员等级分为：铜牌、银牌、金牌以及合伙人。

每天发布文章，点赞量和读者互动频率也是增加账号权重的一种方式，同时能得到简书贝。积极参加官方主办的一些活动也会得到简书贝。

3. 知乎

要擅于去热门话题中找自己的领域去答题，一篇深度答题内容至少有两三千字以上，回答好后让同行朋友给你点赞，这叫"冷启动"，为了基础数据平台会为你二次推荐，让你实现流量提升和涨粉。

想在知乎引流，最好买个知乎盐会员。每天给优秀文章点赞留言收藏，平台会判定你是忠诚的用户，而不是营销号。

知乎粉丝质量与微信公众号差不多，质量都非常高，是做自媒体不能错过的大平台。

4. 微博

微博是信息传播速度最快的一个平台，如果你的微博粉丝有5万以上，你一个月能赚4000元左右的广告费。

回答官方的热门话题，积极参加官方的微博活动都可以涨粉。每天多更新文章，文章不需要太长，800字左右就好，如果有精力一天可以发10篇，把长文拆开。其中5篇可以转发别人的优秀文章。

微博涨粉最好的方式就是和大咖互动，这也是任何平台通用的涨粉技巧。多给大咖留言点赞，如果你第一时间留言，内容又精彩，你的留言就会排在第一位。有多少人看到这篇大咖的文章，就有多少人看到你，这也是在为自己提高曝光度。你会和大咖产生深度链接，提高人气。

当粉丝涨到 2 万的时候，你可以主动请一些大 V 帮忙转发，你要热情地表达感谢，懂得知恩图报，或者主动参加大咖的课程，买他们的一些产品，这些都是深度链接的方式。

我在出版人李鲆老师的创读会社群里，他以经营微博为主，去年他每天发十几条微博，引起了官方运营的注意。他微博粉丝从 4 万涨到 95 万，成为 2020 年的职场头部博主之一。

上个月，李老师帮我转发过 5 次博文，每次我都得到了数万的阅读量并涨粉 300 多人，这就是蹭大咖流量的效果。

不管选择哪个平台为重点运营对象，我们都要提前了解该平台的运营规则和调性，以及它的红线是哪些？不要踩中雷区。你想在某个平台发展运营，就去研究平台的同领域 30 位大 V 作者，尽量和他们多互动，发展为朋友或客户关系。

在你弱小的时候主动吃亏，与人为善，让大咖觉得帮你是一种投资。比如有老师帮我转微博，他若有重要活动时，我也会转发朋友圈。我的私域流量质量很高，学员数量庞大，对他也有一定的助力。

迭代思维，突破圈层

写作可以让普通人迭代思维，突破圈层，写作让我们链接到不同层次的人才，他们会推动我们前行。

有人认为准备好了再写作，其实你是永远准备不好的。因为写作是动态的过程，你的灵感是发散性动态，是永远在变化的，如同一些程序在不是 100% 完善时候上线，因为它永远会有新的问题，都是在实践中完善提升。

有文友说自己的文章没有读者喜欢，我发现她一共才写了 3 篇文章。我们先写作才会有读者，不是先有读者再写作。读者涉及各行各业，他们的一些善意的留言都会让我们受益匪浅。

写作者有共同的感受，自从写作后各个方面都进步神速。这是因为写作升级了思维，拓宽了认知，突破了固有的圈层。

如果一个人只是按部就班地读书、工作，他的生活圈子是有限的，周边人的思维眼界也相差无几。但是一旦在互联网写作，交流圈会放大 N 倍，坚持写作半年后，你会主动或被动加入各个写作交流群，可以认识数百上千人。

我的微信群里有中科院的博士、知名投行的高管、大学教师、名校硕士、上市公司 CEO 等，学员遍布世界上 15 个国家。各行各业的人交流互动，无形中能学到很多生活中学不到的知识，从而提升自身能量，开阔了眼界。我们可以看到不同的人的生活方式和追求，使我们看到未来更多的可能性。

用产品承接流量，设计变现途径

如果你是有毅力的人，坚持写作一年多了，粉丝也有10万，也懂得平台运营规则，想要达到商业变现，还要懂得用产品承接流量。

我们不单赚稿费，我们还可以通过写作引流，再用相关的产品接住流量，转化成产品销售出去。

我们要设置一个变现途径图，你想通过写作发展你的本职工作，还是想通过写作打造个人品牌，抑或是通过写作售卖相关的产品？

我有一位朋友叫海，他通过写作来链接销售红酒生意，相当于文化微商。他的文章末尾个人简介上说自己是一个知名红酒的省代理商，他把微店的形式放在公众号菜单栏，在微信朋友圈也卖产品。

他的所有文章都会直接或间接地会提到红酒，有时候是他的客户关于品酒的故事，有时候分享红酒的知识点，这种就是垂直引流。读者是对这方面感兴趣的人，持续看他的文字，加深了对红酒的认知，有成为他客户的可能性。

假如你暂时没有任何产品，你还可以设计电子书，教大家如何坚持跑步、如何坚持日更写作一年，或者练习瑜伽的技巧等，甚至可以分享别人的产品。

孔子说："三人行必有我师焉。"总会有你擅长的知识点，却是别人的认知盲区。千万不要觉得自己一无是处，你在某个领域有 80 分的时候，你就可以教导 60 分的人，你有 60 分的时候可以分享给 40 分的人。

樊登曾说，他有一个朋友专门带领企业家学习如何跑步不会受伤，顺便督促大家，居然有好几百个人愿意付高额的费用。人们愿意为知识价值买单。

把知识点做成一个 3 万字左右的电子书 PDF 版，有读者对相关问题感兴趣的时候，你就赠送给他。随着流量的积累，影响力的增加，你可以卖给读者。我有好多朋友通过写作积累流量，然后在朋友圈卖 PDF 文档，轻松月入 4 位数。

他在朋友圈卖 PDF 电子书的时候，成交话术文案是这样的：我这些文字没有对外公开过，是我的（某某领域）内部资料，本月限额售卖给 30 位伙伴，99 元一本，如果不满意退你 100 元。

这是价值包装，同时让客户零风险，如果他的微信有 5000 人，大家很信任他，一个月卖 30 本并不太难，还可以赠送一些社群交流服务等，让用户感受到超值。这份电子书相当于文字版的知识付费内容，只是用了不同的展现方式而已。

如果你后期作品积累够多，内容比较成熟，可以正式出书全网上架，打造行业知名度和个人品牌。

你售卖的产品最好适合你的文风，和你的人设有关联。我的另一个朋友李子，她喜欢写哲理散文，喜欢民族风的衣服，朋友圈打造得诗情画意。她有自己的淘宝店，卖一些手绘的包包、绘画作品，很有艺术感，符合她的文艺人设。

写作反哺主业，联动发力

很多学员因为写作，职业也得到了发展，其中有 3 位原来在学校当老师，因为写作能力突出，参加一些征文比赛得了奖或加入了当地作协，后来都有幸被调到省教育局工作，待遇得到大大的提高。

几位文友因为自媒体写作和运营，被公司领导提拔，负责公司的新媒体写作和营销，薪酬大幅度上升，并享受自由办公。

保险业销售人员通过写作引流，增加业绩的事例就更多了。文友清子早年通过 QQ 空间写作，现在是微信公众号写作，成为省销售冠军。因为她长期坚持输出相关内容，读者从文章中知道她是保险销售员，大家有了需求时，第一时间想到她，从她那里买各种各样的保险，这说明写作链接了客户资源。这种写作对文字质量要求不高，只是给自己所销售的产品传播加分。

本章小结：

写作倒逼我们成长，它提升了我们的阅读量和阅读效率。在写作路上，我们要摒除外界干扰和负面声音，提高写作专注度。

坚持写作，可实现思维升级和圈层突破。要用产品承接流量，规划变现路径，反哺主业。写作是让普通人快速成长的最好方式。

后记：写作带给我的感动

时光荏苒，2021 年，已经过去一半，这是一本写作手册，也是我个人五年写作之路的回顾与梳理。

五年的时间说长不长，说短也不短。在人生的长河里，五年只不过是短短的一瞬间，但五年时间可以让一个普通人开启网络写作之路，实现跨越式成长。

2015 年上半年，我还在镇上服装厂做流水工，如今我已经拥有了自己的文化公司，自考了大学学历，加入了安徽省作协，经营多个自媒体平台，写作 300 多万文字，受邀去学校做分享等等。

2019 年，我出版了《追梦路上，让灵魂发光》；2020 年编著了《遇见梦想，遇见花开》；2021 年写作此书；拥有学员 2 万 +，累计影响数十万人，培养出很多小 IP。学员出书的有 40 多人，他们中很多人都比我优秀，这是我最幸福的事。

自从写作以来，我每天早上 5：30 左右起床读书写稿，哪怕散步运动时，都是在听书，我深信日拱一卒，功不唐捐。人生路上，进一寸有一寸的欢喜。

我知道自己资质平庸，但我相信，只要长久去做一件事，就能汇集成巨大的能量。我们可以像《阿甘正传》里面的阿甘一样笨拙地努力着 。

一个人读书一个月没什么了不起，一个人写作一个月也没有什么了不起，但若能持续写作三年以上，并有意识地运营打造个人品牌，那么生活状态和思想认知一定会发生翻天覆地的变化。

自媒体依然还有很多机会，不管是个人还是创业公司，都值得投入时间和精力去尝试。

写作带给我的感动

昨天有人留言，她说，2017 年看到我的文章，带给她莫大鼓舞，也有了强烈的要写作的愿望，她现在通过公众号每年副业收入 5 万 +。她说回想自己为何走上了写文之路，想起了我，最想感谢的人就是我……

前不久，有微信好友执意要给我寄她家种的小米或橙子，还嘱咐我别担心，只是真心想感谢我。她说当初看我的文字得到了力量，还有我不厌其烦地解答令她感动。我曾鼓励她用文字营销产品，她真正行动了，她家里的水果销量大增，全家人都很开心，夸她能干，脑子灵活。

四川的学员田禾赠予了我好看的明信片以及手写诗词，还用了一个多月时间手绘的作品。

像这样的事例还有很多很多，不少人说为什么没有早点认识我。他们说有的老师感觉高不可攀。我的文风和一路成长经历让大家感到朴实、温暖、走心。其实，每个作者会拥有不同的读者群体，同频人自会相逢。

因为写作，我收获了数不尽的感动。写作让我获得精神灵魂的丰饶。因为写作，我实现了自由梦想，财富增值，同时给他人传递正能量，影响别人变得更好。

因为写作，我认识了天南地北的人，学员遍布世界上十几个国家，其中不乏有许多名校毕业生，世界500强公司高管，资产数千万以及过亿的人群，拓宽了我的认知边界，他们的能量也会推动着我进步，让我看到了更大的世界。如果没有写作，没有网络，在现实生活中很难批量链接这么多优秀的人。

因为写作，我五年的思想认知提升速度超过过去三十年的总和。

人生没有太晚的开始

五年来，我写生活感悟，写身边的草根成长故事，分享与写作、成长相关的点点滴滴，每一步小确幸，我都记录在文字中。

我并不算成长很快的自媒体人，没有抓住微信公众号和今日头条的红利期，与抖音擦肩而过，没有集中把某一平台做到头部作者。

目前，唯一的优势是私域流量比较不错，个人微信拥有 2 万＋

高质量好友，累计全网 30 万粉丝 +。

任何行业不一定赶早就能发展得好，人的认知思维是有局限的，不可能每个红利都能抓得住，何况还有运气这些微妙的东西。但坚持读书写作永远是正确的事情。

所以看到这本书的你，不必懊恼自己比我起步晚，只有那些永远不动笔的人才更晚。不要拿自己的时间去见证别人的梦想，行动起来才最重要。

每隔五六年总会有新的平台出现，而那时我们准备好了吗？文笔成熟了吗？有多少写作量？机会总是青睐有准备的人。

写作、运营、打造个人品牌，这些是系统化的工程。本书从写作初期的素材搜集到框架、选题、爆款分析，再到传播、私域流量运营变现、打造个人品牌、商业文案变现，这一切都相辅相成。最重要的就是我们的写作能力，写作是一切的根基。

当今互联网社会，要重新认识写作，培养写作习惯，通过自媒体各平台的传播，达到变现。写作是我们的终身事业，所以，我们要做一名长期主义者，让时间成为我们的护城河。

诚然，我不是学院派出身，本书也没有高深的理论。我以自己通俗接地气的语言，介绍自己或朋友写作的成长故事，分享五年来个人在网络上写作以来，从零基础写作达到年入百万的成长心得。

本周有网友找我商谈合作微电影编剧的事，还有某大学邀请我做外聘讲师。

我以写作为载体，以文字为圆心延伸发展，打造个人品牌，获得小圈子里的影响力，成为自己喜欢的模样。

写作是打造个人品牌最好的方式，写作是一种最好的自我投资，写作是加速成长的最好武器。人生没有白写的字，写的每个字都算数，都是生命里的财富。写作是一种定投。未来的你，一定会感激今天决定写作的你，当你拿起笔开始写的时候，你就已经比昨天进步了。

这是一本普通人可学的写作变现指南，也是我个人的写作成长缩影。一本书能容纳的东西有限，未来还长，明天更好。关注公众号"齐帆齐微刊"（ID：qfq1818），我会持续更新文字，你可以添加我的个人微信号。购买本书后，若拍照发给我，就赠送一套写作变现课，并介绍你加入书友交流群。

我希望本书能让人真正看得进去，且能切实给人启发，让人萌生坚持写作的信念。如果有人因阅读此书，开启了写作之旅，那是我无上的荣耀。

感谢本书的编辑，感谢每一位为此书付出的幕后人员，感谢一路鼓励陪伴我的读者朋友，还有正在阅读的你。

齐帆齐
2021 年 7 月
安徽合肥